LE CIEL DANS LA TÊTE

Denoël Graphic est dirigé par Jean-Luc Fromental
www.denoel.fr

33, rue Saint-André-des-Arts, 75006 Paris
EAN : 9782207164860
B27054
N° d'édition : 403935

Dépôt légal : août 2023
Achevé d'imprimer en juillet 2023 par PPO GRAPHIC,
10 rue de la Croix Martre, 91120 Palaiseau, France.

Conception graphique, lettrage : Nicolò Giacomin

LE CIEL DANS LA TÊTE

SCÉNARIO : ANTONIO ALTARRIBA
DESSIN : SERGIO GARCÍA SÁNCHEZ
COULEURS : LOLA MORAL

TRADUIT DE L'ESPAGNOL PAR ALEXANDRA CARRASCO

DENOËL
GRAPHIC

CONGO

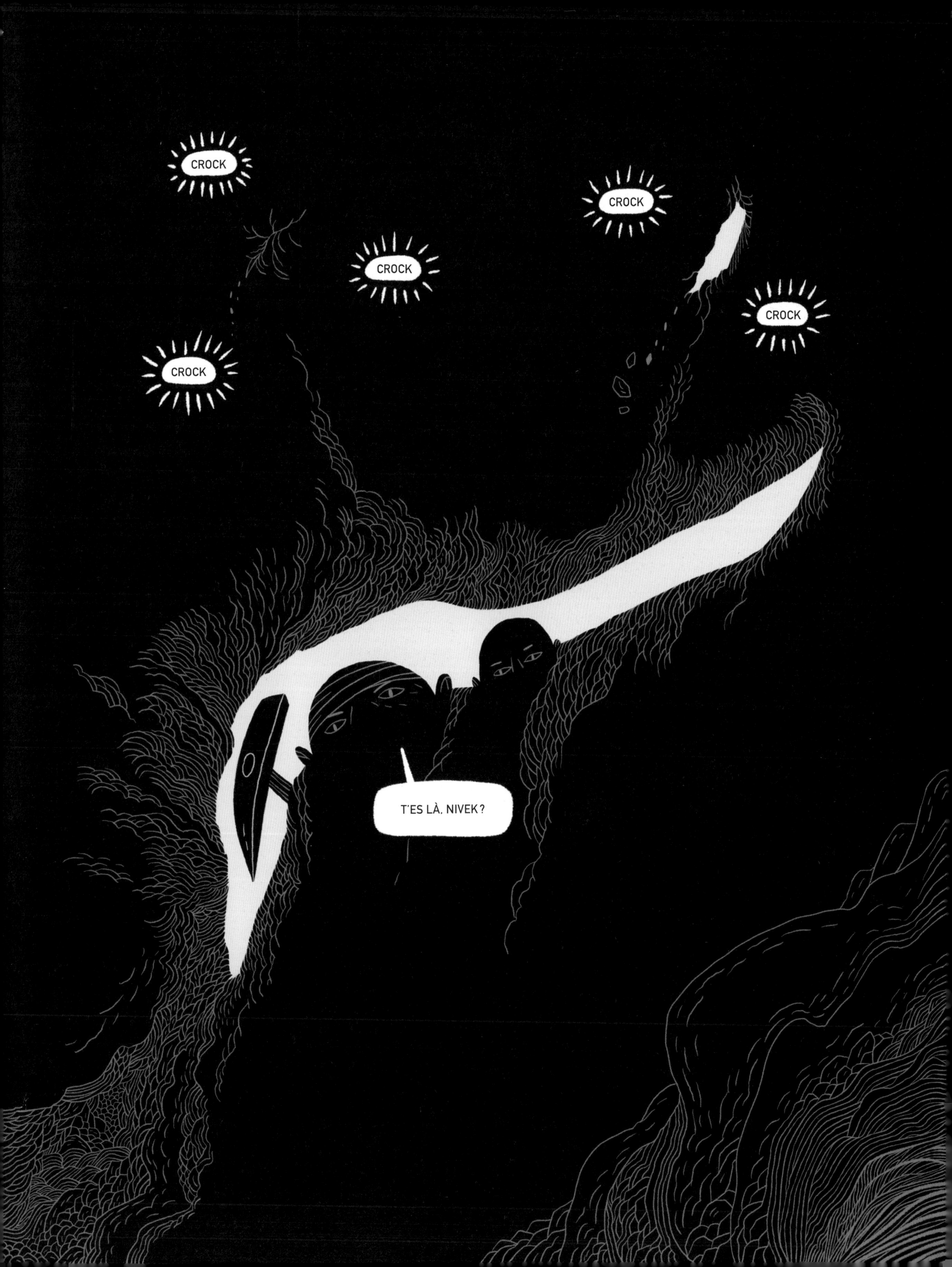
CROCK
CROCK
CROCK
CROCK
CROCK
T'ES LÀ, NIVEK ?

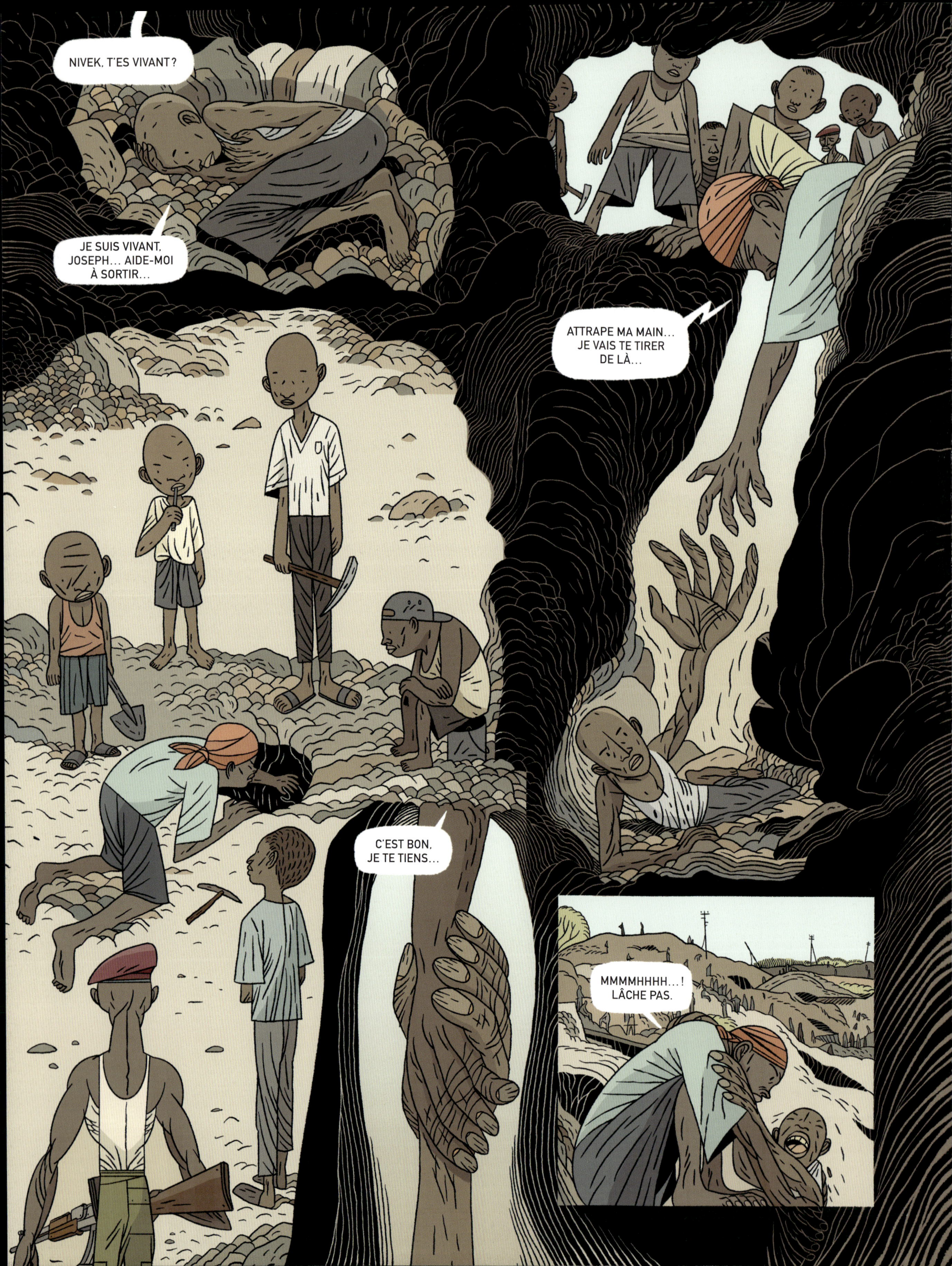
NIVEK, T'ES VIVANT ?
JE SUIS VIVANT, JOSEPH... AIDE-MOI À SORTIR...
ATTRAPE MA MAIN... JE VAIS TE TIRER DE LÀ...
C'EST BON, JE TE TIENS...
MMMMHHHH... ! LÂCHE PAS.

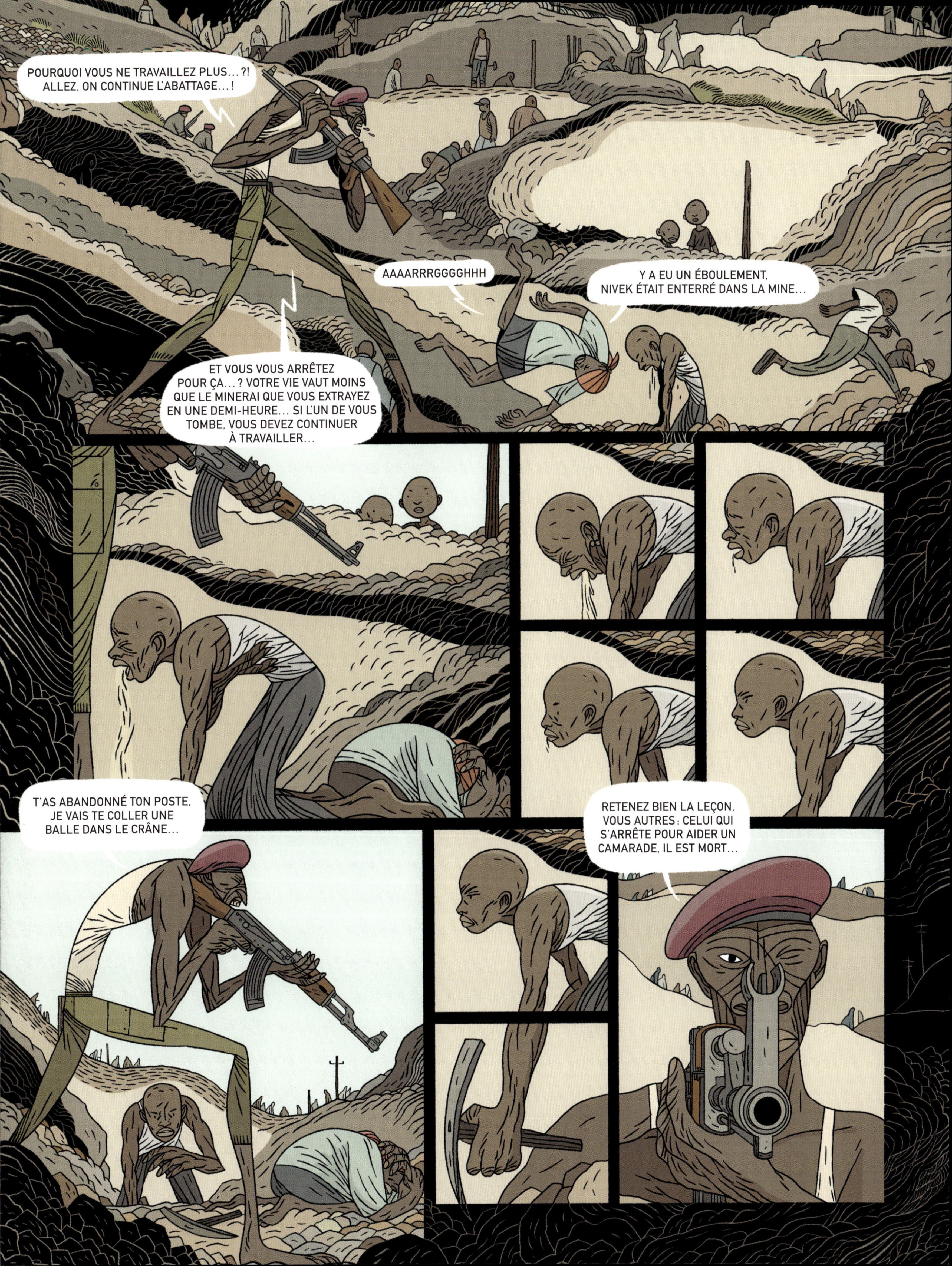
POURQUOI VOUS NE TRAVAILLEZ PLUS… ?! ALLEZ, ON CONTINUE L'ABATTAGE… !
AAAARRRGGGGHHH
Y A EU UN ÉBOULEMENT, NIVEK ÉTAIT ENTERRÉ DANS LA MINE…
ET VOUS VOUS ARRÊTEZ POUR ÇA… ? VOTRE VIE VAUT MOINS QUE LE MINERAI QUE VOUS EXTRAYEZ EN UNE DEMI-HEURE… SI L'UN DE VOUS TOMBE, VOUS DEVEZ CONTINUER À TRAVAILLER…
T'AS ABANDONNÉ TON POSTE, JE VAIS TE COLLER UNE BALLE DANS LE CRÂNE…
RETENEZ BIEN LA LEÇON, VOUS AUTRES : CELUI QUI S'ARRÊTE POUR AIDER UN CAMARADE, IL EST MORT…

AAAAAHHHH... !
GGGGGGHHHH...
T'AS TUÉ SIFA... TU VAS LE PAYER CHER, MORVEUX... TU VAS SOUFFRIR COMME PERSONNE A JAMAIS SOUFFERT...TU VAS REGRETTER D'ÊTRE NÉ...

ATTENDS... ! CE MÔME A L'AIR FORT ET COURAGEUX... ÇA PEUT FAIRE UN BON KADOGO...
T'AS QUEL ÂGE ?
DOUZE ANS...
NOTRE ARMÉE A BESOIN DE JEUNES SOLDATS... EMMENEZ-LE À LA CÉRÉMONIE DE CONSCRIPTION ET QU'IL DISE ADIEU À SA FAMILLE... VOUS SAVEZ... DES ADIEUX COMME IL FAUT...
VOUS POUVEZ TUER CELUI QUI L'A SORTI DU TROU...
NON... ! SI VOUS TUEZ JOSEPH, JE SERAI PAS KADOGO...
?!
HA HA HA HA HA... T'EN AS DANS LE BIDE, C'EST CLAIR...
T'ES UN GUERRIER, MON PETIT GARS... ÇA SE VOIT... MAIS TON COPAIN EST UN COUARD... IL SAIT MÊME PAS CASSER DES PIERRES... IL NOUS SERT À RIEN...

JE SAIS CUISINER… JE PEUX VOUS FAIRE LA CUISINE…
HA HA HA… TU CUISINES BIEN…?
JE SUIS LE MEILLEUR CUISINIER DU VILLAGE… ET MÊME DE TOUT LE SHABUNDA…
UN BON CUISTOT, ÇA PEUT NOUS INTÉRESSER… SI CE QUE TU PRÉPARES EST MEILLEUR QUE LA BOUILLIE INFÂME DE KONGULU, ON TE GARDE… SINON, ON TE DESCEND…
VOUS AVEZ PRÉVENU KABUSA QU'ON A UNE NOUVELLE RECRUE…?
ELLE SAIT TOUJOURS QUAND ON VIENT… EN TOUT CAS, ELLE EST TOUJOURS PRÊTE…
KABUSA VA T'ENVOÛTER POUR TE TRANSFORMER EN GUERRIER INVINCIBLE… LES BALLES NE T'ATTEINDRONT PAS… ET TU N'AURAS PAS PEUR DE LA MORT…
JE M'OCCUPERAI DE LA LUI FAIRE PASSER, LA PEUR. … HA HA HA…
VOUS VOYEZ QUE C'ÉTAIT PAS LA PEINE DE PRÉVENIR KABUSA… ELLE A DÉJÀ TOUT PRÉPARÉ.
KABUSA, ON T'AMÈNE UNE NOUVELLE RECRUE… CE SERA UN GRAND GUERRIER… TU DOIS LUI DONNER LA FORCE ET LUI ENLEVER LA PEUR…
JE VOUS ATTENDAIS… LA MARMITE EST SUR LE FEU, LES TAM-TAMS NE TARDERONT PAS À RÉSONNER…

CE QUI COMPTE... C'EST QUE TIMBILIKITI ASSISTE À LA CÉRÉMONIE ET DONNE SON APPROBATION...
DOUM DOUM DOUM TAM TAM TAM
DOUM DOUM DOUM TAM TAM TAM
DOUM DOUM DOUM TAM TAM TAM
DOUM DOUM DOUM TAM TAM TAM
DOUM DOUM DOUM TAM TAM TAM

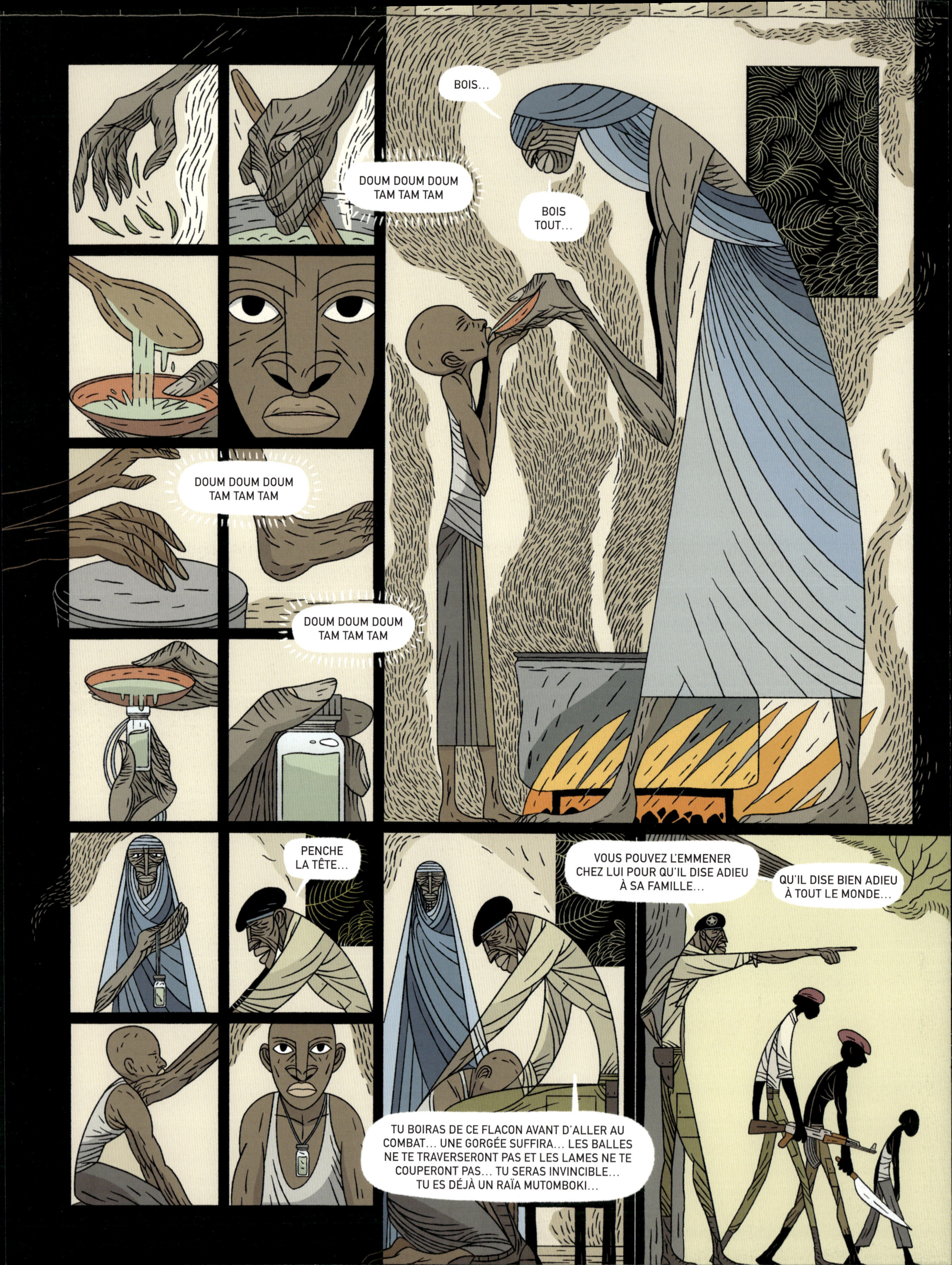
DOUM DOUM DOUM TAM TAM TAM
BOIS…
BOIS TOUT…
DOUM DOUM DOUM TAM TAM TAM
DOUM DOUM DOUM TAM TAM TAM
PENCHE LA TÊTE…
TU BOIRAS DE CE FLACON AVANT D'ALLER AU COMBAT… UNE GORGÉE SUFFIRA… LES BALLES NE TE TRAVERSERONT PAS ET LES LAMES NE TE COUPERONT PAS… TU SERAS INVINCIBLE… TU ES DÉJÀ UN RAÏA MUTOMBOKI…
VOUS POUVEZ L'EMMENER CHEZ LUI POUR QU'IL DISE ADIEU À SA FAMILLE…
QU'IL DISE BIEN ADIEU À TOUT LE MONDE…

C'EST TOUTE TA FAMILLE, LÀ... ?
OUI. MON FRÈRE, MA SŒUR, MA MÈRE ET MON GRAND-PÈRE...

ET TON PÈRE… ?
MORT À LA MINE…
BON… C'EST LE MOMENT DE LEUR DIRE ADIEU…
TU VAS ÊTRE UN SOLDAT… DORÉNAVANT TA SEULE FAMILLE SERA L'ARMÉE… ET TUER DES ENNEMIS, TA SEULE MISSION…
ALORS DIS-LEUR ADIEU… LE PLUS VITE SERA LE MIEUX…
ALLEZ… J'AI DÉFAIT LE CRAN DE SÛRETÉ… T'AS PLUS QU'À PRESSER LA DÉTENTE…
RA TA TA TA TA TA TA

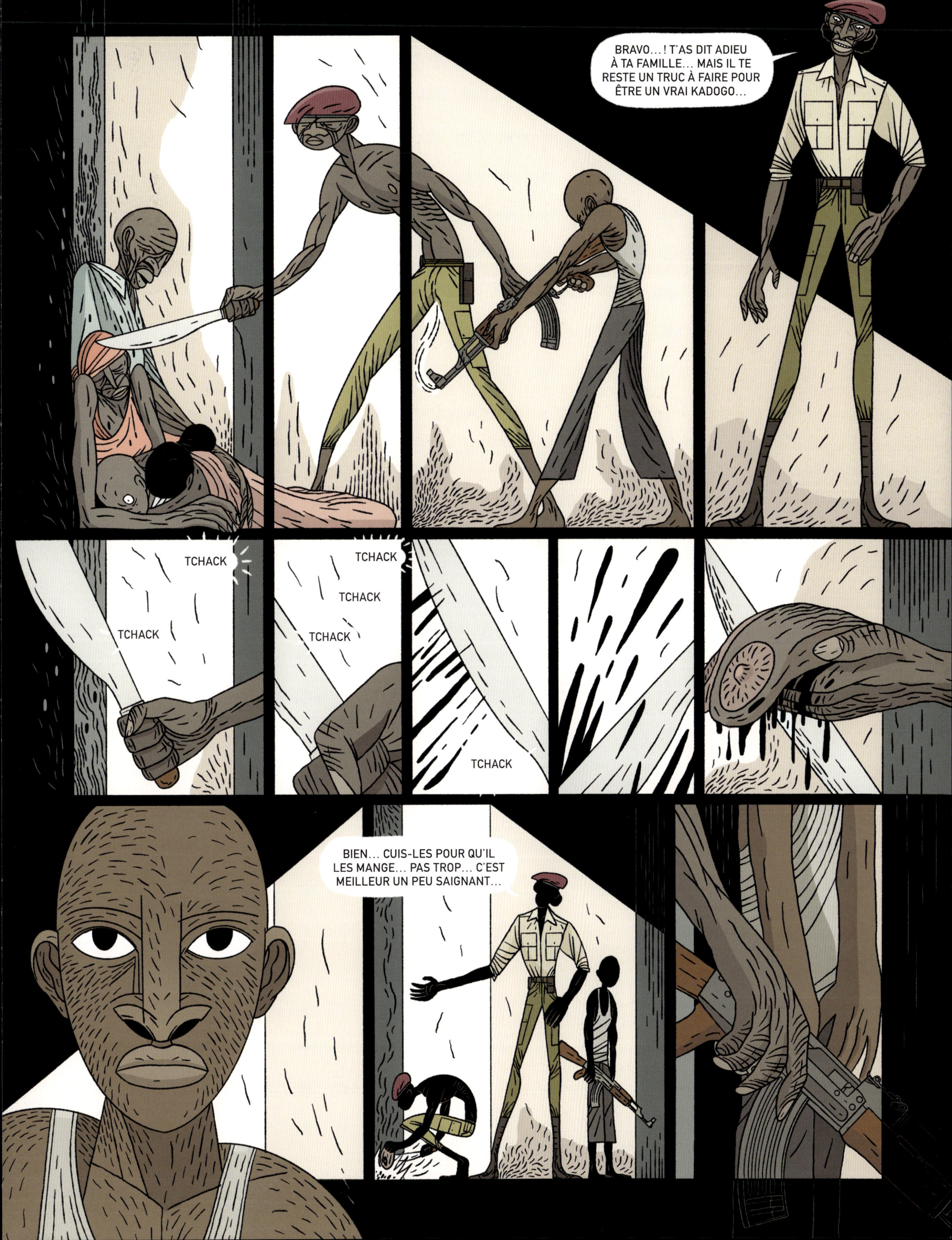
BRAVO… ! T'AS DIT ADIEU À TA FAMILLE… MAIS IL TE RESTE UN TRUC À FAIRE POUR ÊTRE UN VRAI KADOGO…
TCHACK
TCHACK
TCHACK
TCHACK
TCHACK
TCHACK
BIEN… CUIS-LES POUR QU'IL LES MANGE… PAS TROP… C'EST MEILLEUR UN PEU SAIGNANT…

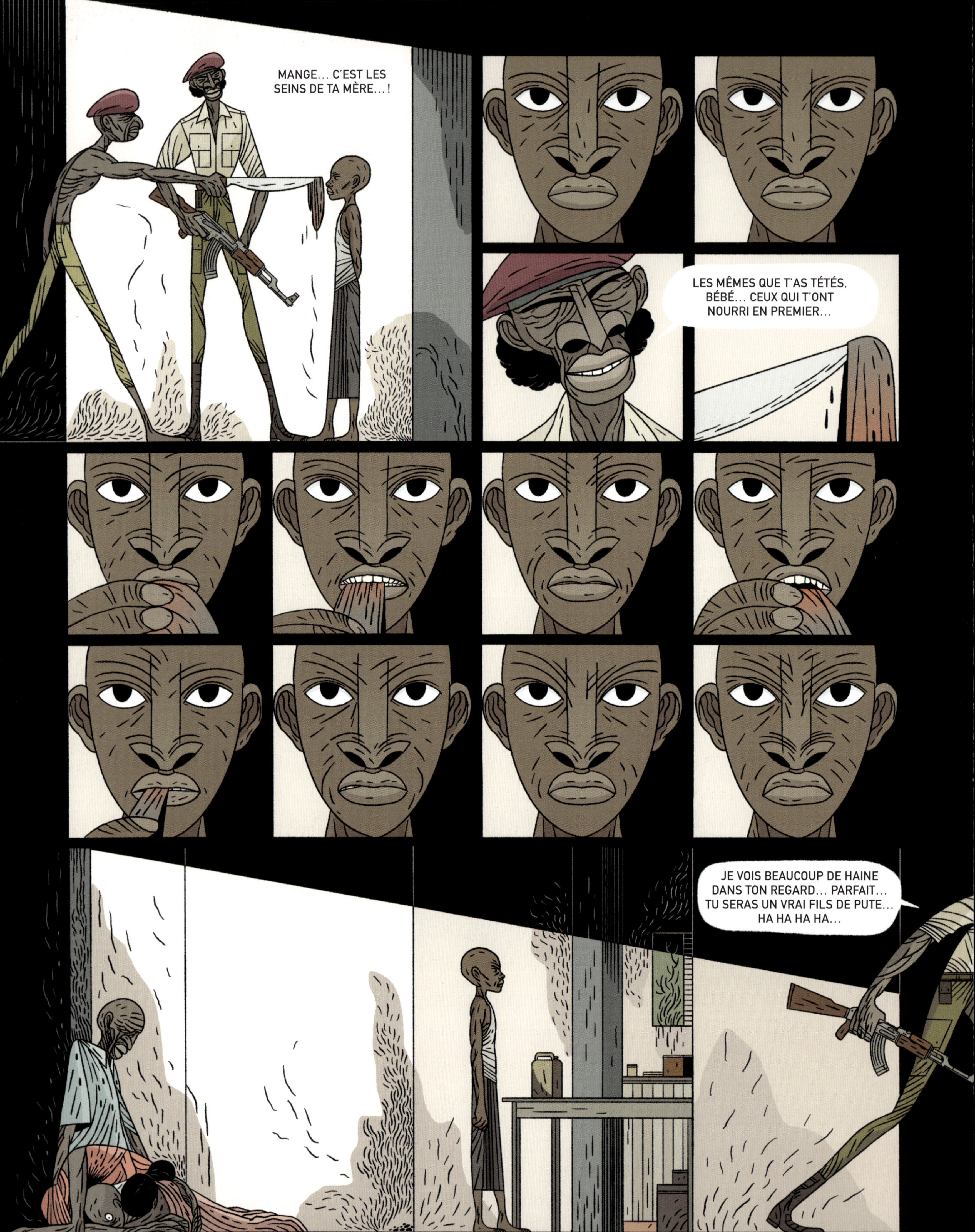
MANGE… C'EST LES SEINS DE TA MÈRE… !
LES MÊMES QUE T'AS TÉTÉS, BÉBÉ… CEUX QUI T'ONT NOURRI EN PREMIER…
JE VOIS BEAUCOUP DE HAINE DANS TON REGARD… PARFAIT… TU SERAS UN VRAI FILS DE PUTE… HA HA HA HA…

CRACK
DANS LE MILLE!...
TU LUI AS EXPLOSÉ LA TÊTE...
BANG
CRACK
TU VISES BIEN...
T'AVAIS DÉJÀ TIRÉ AVANT...?
NON... MAIS J'AI COMPRIS QUE LA CIBLE, FALLAIT PAS L'AVOIR DANS LIGNE DE MIRE, MAIS DANS LA TÊTE...
APPRENEZ-LUI À ATTAQUER UN OBJECTIF... NOUS ALLONS BIENTÔT PARTIR EN VIRÉE ET JE VEUX QUE NIVEK PARTICIPE...
T'INQUIÈTE PAS, VINDU... ON S'EN OCCUPE...

FAUT PAS CROIRE QU'IL SUFFIT DE BIEN VISER POUR ÊTRE UN BON SOLDAT... RÉUSSIR AU TIR À LA CIBLE, C'EST PAS PAREIL QU'ALLER AU COMBAT...
ON VA LUI APPRENDRE À LANCER UNE GRENADE... ET À SE PROTÉGER DE LA MITRAILLE... LANCES-EN UNE, MAIS LANCE-LA TOUT PRÈS.
OK, SÉBASTIEN...
CRACK
TU T'ES PAS JETÉ AU SOL, NIVEK... T'AURAIS ÉTÉ TOUCHÉ PAR LES ÉCLATS DE LA GRENADE OU PAR LES TIRS ENNEMIS... DANS UNE ACTION RÉELLE, TU SERAIS MORT...
À TOI DE LANCER LA GRENADE, MAINTENANT. ... DONNE-LUI DE LA HAUTEUR, MAIS L'ENVOIE PAS TROP LOIN... FAUT QU'ELLE TOMBE SUR LA CIBLE...
MAIS C'EST UN CAILLOU...
TU CROIS QU'ON VA GASPILLER UNE VRAIE GRENADE POUR S'ENTRAÎNER...? ON EN A DIX-SEPT EN TOUT... FAUT LES GARDER POUR LES CIBLES ET PAS RATER SON COUP...
IL SAIT PAS COURIR ET PRENDRE DE L'ÉLAN...
IL EST PAS PRÊT POUR LE COMBAT...

MMMMM… C'EST BON… IL CUISINE BIEN, TON POTE… COMMENT IL S'APPELLE… ?
JOSEPH… IL DIT QU'IL EST LE MEILLEUR CUISINIER DE TOUTE LA RÉGION DU KIVU…
ENFIN QUELQUE CHOSE DE MANGEABLE, ET PAS CETTE MERDE QUE TU NOUS PRÉPARAIS, KONGULU…
TU NOUS FAISAIS TOUT LE TEMPS LA MÊME BOUILLIE INFECTE… ICI ON VOIT DES HARICOTS ET DU RIZ…
LE NOUVEAU EST UN BON CUISINIER…
… VOUS LES DÉVORIEZ, MES RAGOÛTS, QUAND VOUS AVIEZ FAIM…
ALORS, CET ENTRAÎNEMENT… ? C'ÉTAIT DUR… ?
UN ENTRAÎNEMENT DE MERDE… ON A LANCÉ DES CAILLOUX COMME SI C'ÉTAIENT DES BOMBES… J'APPRENDRAI À MANIER LES ARMES QUAND ON IRA AU COMBAT…
ET TOI, T'AS ASSURÉ… ILS ÉTAIENT TOUS CONTENTS DE TA CUISINE…
J'AI RÉUSSI UN BON PLAT DU PREMIER COUP… C'EST LE TRAVAIL QUE J'AIME… JE VEUX PAS RETOURNER À LA MINE…

CERNEZ LE VILLAGE DE TOUS LES CÔTÉS POUR QU'ILS PUISSENT PAS S'ENFUIR... SI ON ARRIVE À LE PRENDRE, ON CONTRÔLERA TOUTE LA ZONE DE KAKUTYA...
MAIS QU'EST-CE QU'ON VA FAIRE... ? ON VA TUER LES VILLAGEOIS... ? POURQUOI... ? ILS ONT RIEN FAIT
UN SOLDAT QUI POSE DES QUESTIONS N'EST PAS UN BON SOLDAT... UN BON SOLDAT OBÉIT AUX ORDRES ET SE TAIT.
BOIS UN COUP DE DAWA, NIVEK... ET ENSUITE, TUE... LAISSE-TOI ALLER... C'EST FACILE...

AU SECOURS...!
C'EST LES RAÏA MUTOMBOKI...! FUYEZ...!
RA TA TA TA TA TA
ON VOUS AVAIT PRÉVENUS...! SI VOUS CONTINUEZ À TRAVAILLER POUR LES MAÏ-MAÏ, ON VA TOUS VOUS TUER...!

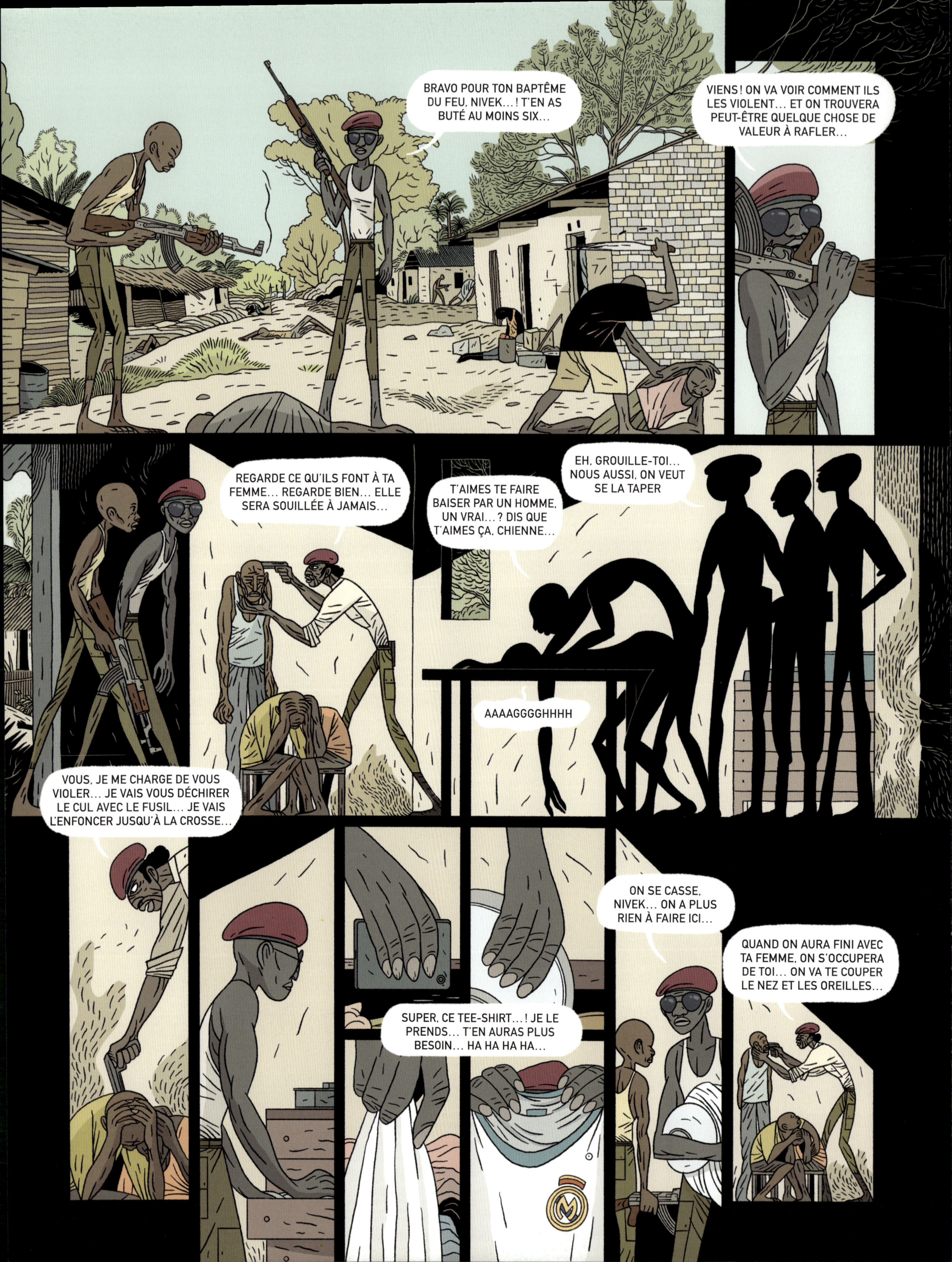
BRAVO POUR TON BAPTÊME DU FEU, NIVEK... ! T'EN AS BUTÉ AU MOINS SIX...
VIENS ! ON VA VOIR COMMENT ILS LES VIOLENT... ET ON TROUVERA PEUT-ÊTRE QUELQUE CHOSE DE VALEUR À RAFLER...
REGARDE CE QU'ILS FONT À TA FEMME... REGARDE BIEN... ELLE SERA SOUILLÉE À JAMAIS...
T'AIMES TE FAIRE BAISER PAR UN HOMME, UN VRAI... ? DIS QUE T'AIMES ÇA, CHIENNE...
EH, GROUILLE-TOI... NOUS AUSSI, ON VEUT SE LA TAPER
AAAAGGGGHHHH
VOUS, JE ME CHARGE DE VOUS VIOLER... JE VAIS VOUS DÉCHIRER LE CUL AVEC LE FUSIL... JE VAIS L'ENFONCER JUSQU'À LA CROSSE...
SUPER, CE TEE-SHIRT... ! JE LE PRENDS... T'EN AURAS PLUS BESOIN... HA HA HA HA...
ON SE CASSE, NIVEK... ON A PLUS RIEN À FAIRE ICI...
QUAND ON AURA FINI AVEC TA FEMME, ON S'OCCUPERA DE TOI... ON VA TE COUPER LE NEZ ET LES OREILLES...

LE BUTIN N'EST PAS FAMEUX… ON A PRIS UN AK-47 ET TROIS MACHETTES… JE LES DONNERAI À CEUX QUI SE SERONT LE MIEUX BATTUS… LE RESTE, PARTAGEZ-LE COMME VOUS VOULEZ…
ON A PORTÉ UN RUDE COUP AUX MINEURS DES MAÏ-MAÏ… ILS NE POURRONT PAS EXTRAIRE DE COLTAN PENDANT DES SEMAINES… IL S'AGIT MAINTENANT DE FINIR LE TRAVAIL…
ON VA ATTAQUER LEUR QUARTIER GÉNÉRAL… ON VA EXTERMINER LES MAÏ-MAÏ ET PRENDRE LEURS MINES… ON CONTRÔLERA LA MOITIÉ DU KIVU SUD…
REPOSEZ-VOUS BIEN CETTE NUIT PARCE QUE DEMAIN ON DEVRA ASSURER AU COMBAT… IL FAUDRA SE BATTRE DUR, MAIS J'AI OBTENU DE NOUVELLES ARMES…
COMMENT S'EST PASSÉE TA PREMIÈRE MISSION… ? PAS TROP RUDE… ?
JE NE SAIS PAS…
JE CROIS QUE J'AIME BIEN TUER…
BONNE NUIT.

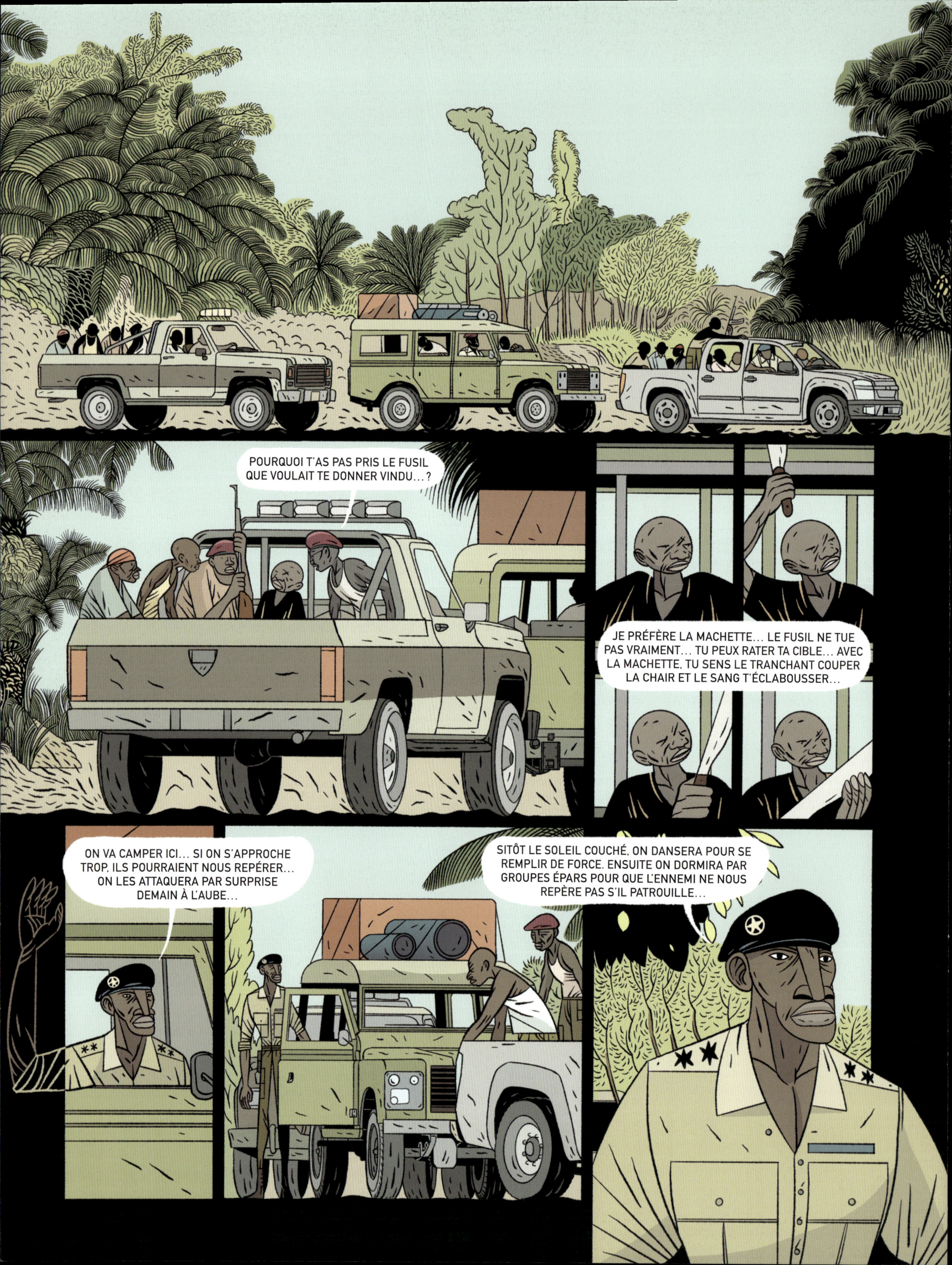
POURQUOI T'AS PAS PRIS LE FUSIL QUE VOULAIT TE DONNER VINDU... ?
JE PRÉFÈRE LA MACHETTE... LE FUSIL NE TUE PAS VRAIMENT... TU PEUX RATER TA CIBLE... AVEC LA MACHETTE, TU SENS LE TRANCHANT COUPER LA CHAIR ET LE SANG T'ÉCLABOUSSER...
ON VA CAMPER ICI... SI ON S'APPROCHE TROP, ILS POURRAIENT NOUS REPÉRER... ON LES ATTAQUERA PAR SURPRISE DEMAIN À L'AUBE...
SITÔT LE SOLEIL COUCHÉ, ON DANSERA POUR SE REMPLIR DE FORCE. ENSUITE ON DORMIRA PAR GROUPES ÉPARS POUR QUE L'ENNEMI NE NOUS REPÈRE PAS S'IL PATROUILLE...

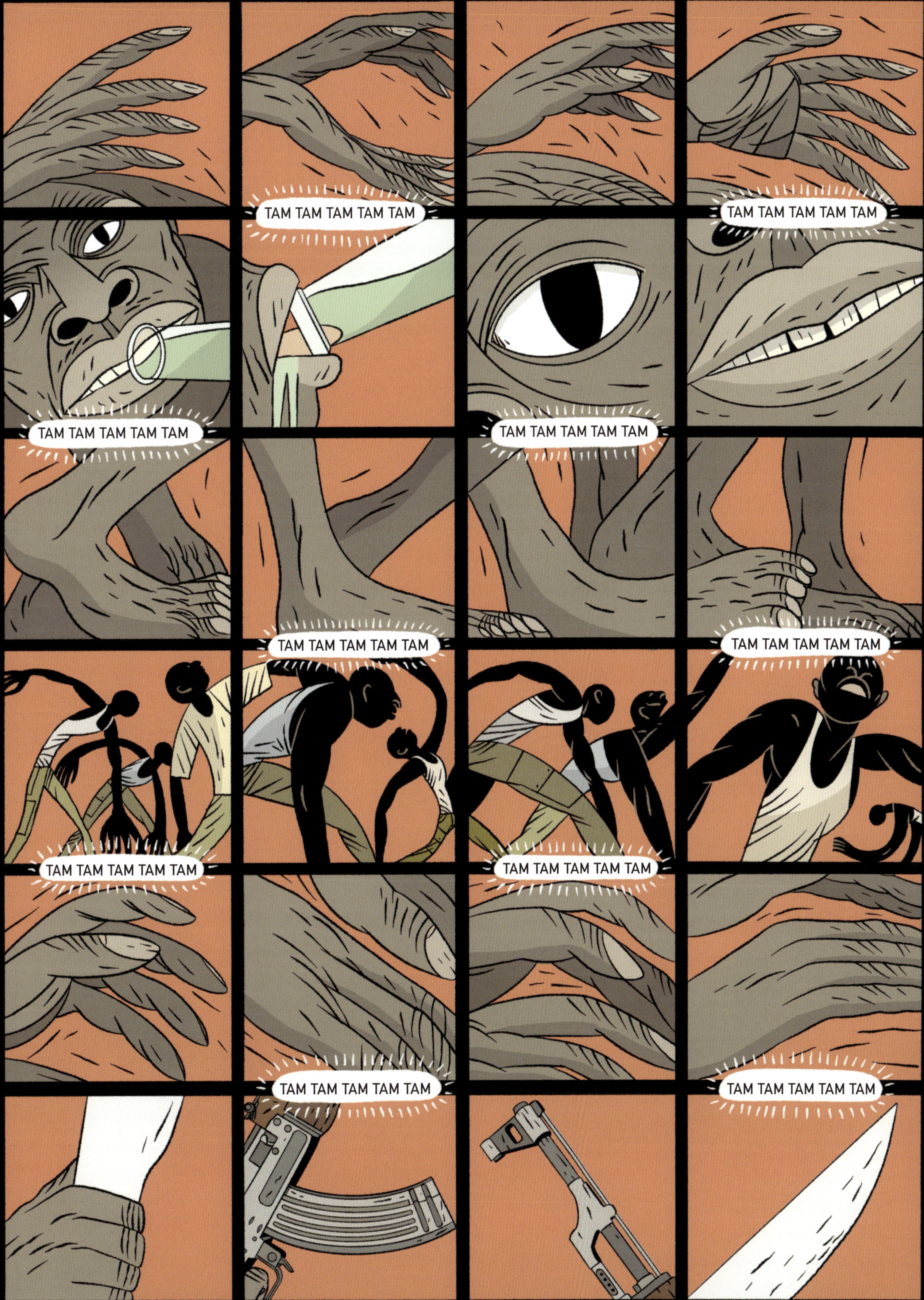
TAM TAM TAM TAM TAM
TAM TAM TAM TAM TAM
TAM TAM TAM TAM TAM
TAM TAM TAM TAM TAM
TAM TAM TAM TAM TAM
TAM TAM TAM TAM TAM
TAM TAM TAM TAM TAM
TAM TAM TAM TAM TAM
TAM TAM TAM TAM TAM
TAM TAM TAM TAM TAM

C'EST LA GARNISON DES MAÏ-MAÏ… Y A RIEN QUI BOUGE… ON VA LES CUEILLIR PAR SURPRISE…

ILS ONT UN MORTIER SUR LA TERRASSE...
IL FAUT QUE TU LE NEUTRALISES, NIVEK...
T'AS COMBIEN DE GRENADES SUR TOI...?
DEUX...
ALLEZ, VAS-Y...! NOUS, ON TE COUVRE...

BANG
BANG
BANG
BANG
BANG
RATATATATA
BOUM !
BANG
BANG
BANG
BANG
BANG BANG

BANG
BANG
DÉGAGE, MAÏ-MAÏ... ! CE TERRITOIRE A TOUJOURS APPARTENU AUX RAÏA MUTOMBOKI... ! ON VA VOUS CHASSER DÉFINITIVEMENT... !
BANG
BANG
RATATATATA
BANG

LES MAÏ-MAÏ S'ENFUIENT...! LA POSITION EST À NOUS...
FOUILLEZ LA MAISON...! LES FEMMES SONT DEDANS...!
ET SÛREMENT DES ARMES ET LE BUTIN DE LEURS RAZZIAS...!
BANG
VISE CELUI QUI FUIT AVEC UN BALUCHON BIEN REMPLI...!
BANG
BANG
BANG
RENTREZ, BANDE DE FILS DE PUTES...! VOUS NOUS ÉCHAPPEREZ PAS...!
DU COLTAN ! AU MOINS CINQ KILOS... ET DE L'IVOIRE... DES PÉPITES D'OR... DES ARMES...! UN VRAI TRÉSOR...!
FOUILLE BIEN PARTOUT... DOIT Y AVOIR DES ARMES...

PITIÉ, NON…! NOOON…!
NIVEK, T'AS PROUVÉ QUE T'ÉTAIS UN GUERRIER… VIOLE CETTE FEMME ET MONTRE QUE T'ES AUSSI UN HOMME…
ALLEZ, VIOLE-LA…!
OUI, VIOLE-LA…!
ARRÊTE DE CRIER… AVOUE QUE T'AIMES ÇA…
JE VAIS PAS TE VIOLER… JE FERAI SEMBLANT… MAIS TOI, CRIE COMME SI C'ÉTAIT VRAI….
CRIE FORT… COMME SI JE TE FAISAIS MAL…
AAAAGGGHHH…! NON. NON. NON…! PITIÉ…! TU ME FAIS TROP MAL…!
TRÈS BIEN, NIVEK…!
DÉFONCE-LA…!
NIVEK, T'ES LE MEILLEUR…!
TROP FORT, NIVEK…!
LÂCHEZ-MOI, JE VOUS EN SUPPLIE… ARRÊTEZ…

BANG
AAAAAAHHHHH... !
BRAVO, NIVEK... MAINTENANT T'ES UN HOMME...
C'ÉTAIT UNE PUTE DES MAÏ-MAÏ... ELLE LE MÉRITAIT...
POURQUOI VOUS L'AVEZ TUÉE... ? ÇA SUFFISAIT PAS, DE LA VIOLER... ?
ON A GAGNÉ... ! LES RAÏA MUTOMBOKI SONT LES MEILLEURS... MAINTENANT ON CONTRÔLE TOUT LE COLTAN DU KIVU SUD... !
DEMAIN ON OCCUPERA LES MINES DES MAÏ-MAÏ... LES CHINOIS DE LA COMPAGNIE MINIÈRE SERONT CONTENTS... ON VA DOUBLER LA PRODUCTION DE COLTAN QU'ON LEUR LIVRE... ET ON VA AUGMENTER NOS PROFITS...
OUAIS... ! ON EST LES MEILLEURS... ! MORT AUX MAÏ-MAÏ... !
OUAIS... ! VIVE WAMBA... !

TU PRÉFÈRES ÊTRE KADOGO OU MINEUR... ?
BOF...
Y A QUELQUES MOIS, ON TRAVAILLAIT COMME CES PAUVRES GARS... J'EN REVIENS PAS À QUEL POINT MA VIE A CHANGÉ... ET TOI, COMMENT TU TE SENS... ?
BOF...

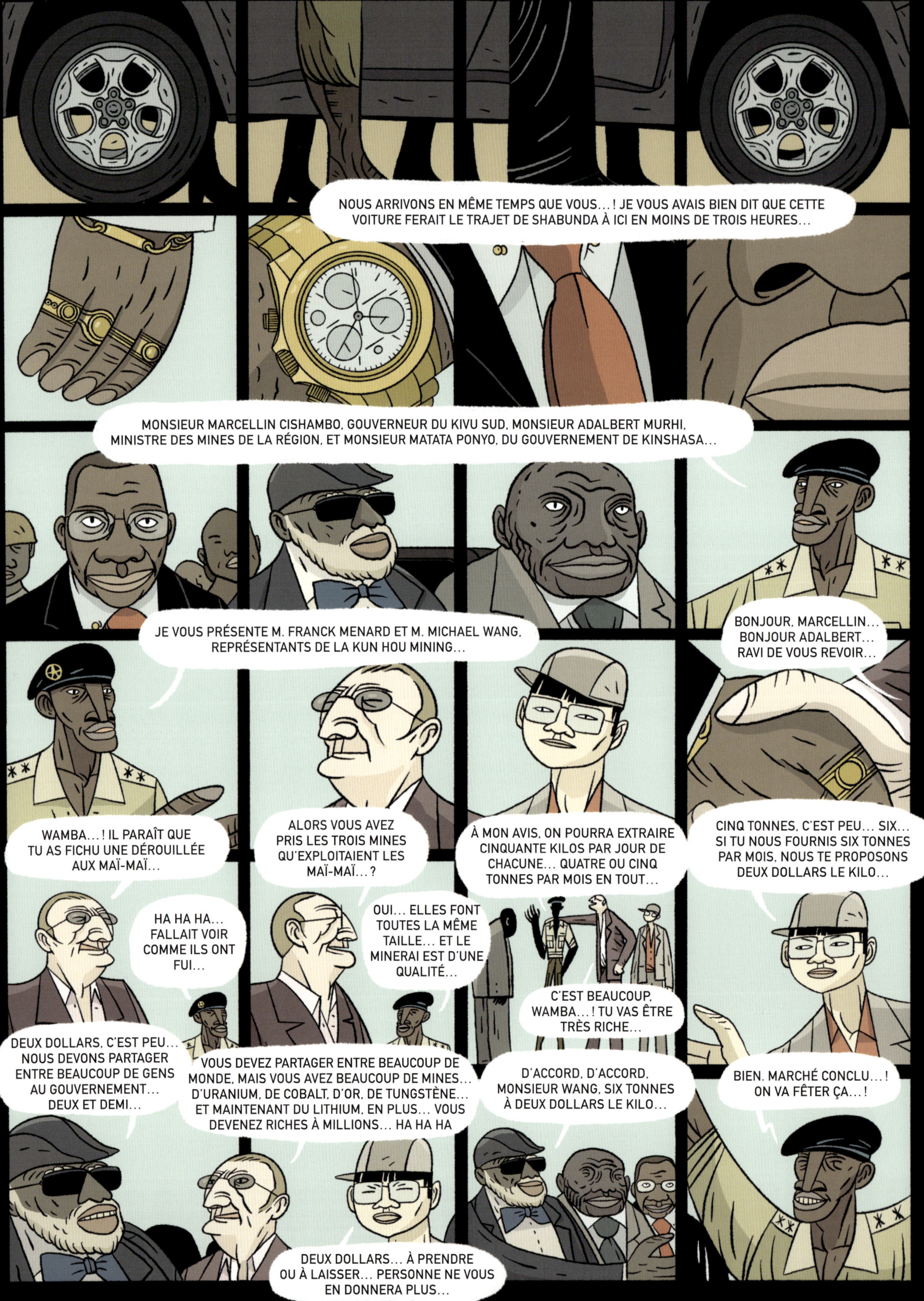
NOUS ARRIVONS EN MÊME TEMPS QUE VOUS…! JE VOUS AVAIS BIEN DIT QUE CETTE VOITURE FERAIT LE TRAJET DE SHABUNDA À ICI EN MOINS DE TROIS HEURES…
MONSIEUR MARCELLIN CISHAMBO, GOUVERNEUR DU KIVU SUD, MONSIEUR ADALBERT MURHI, MINISTRE DES MINES DE LA RÉGION, ET MONSIEUR MATATA PONYO, DU GOUVERNEMENT DE KINSHASA…
JE VOUS PRÉSENTE M. FRANCK MENARD ET M. MICHAEL WANG, REPRÉSENTANTS DE LA KUN HOU MINING…
BONJOUR, MARCELLIN… BONJOUR ADALBERT… RAVI DE VOUS REVOIR…
WAMBA…! IL PARAÎT QUE TU AS FICHU UNE DÉROUILLÉE AUX MAÏ-MAÏ…
HA HA HA… FALLAIT VOIR COMME ILS ONT FUI…
ALORS VOUS AVEZ PRIS LES TROIS MINES QU'EXPLOITAIENT LES MAÏ-MAÏ…?
OUI… ELLES FONT TOUTES LA MÊME TAILLE… ET LE MINERAI EST D'UNE QUALITÉ…
À MON AVIS, ON POURRA EXTRAIRE CINQUANTE KILOS PAR JOUR DE CHACUNE… QUATRE OU CINQ TONNES PAR MOIS EN TOUT…
C'EST BEAUCOUP, WAMBA…! TU VAS ÊTRE TRÈS RICHE…
CINQ TONNES, C'EST PEU… SIX… SI TU NOUS FOURNIS SIX TONNES PAR MOIS, NOUS TE PROPOSONS DEUX DOLLARS LE KILO…
DEUX DOLLARS, C'EST PEU… NOUS DEVONS PARTAGER ENTRE BEAUCOUP DE GENS AU GOUVERNEMENT… DEUX ET DEMI…
VOUS DEVEZ PARTAGER ENTRE BEAUCOUP DE MONDE, MAIS VOUS AVEZ BEAUCOUP DE MINES… D'URANIUM, DE COBALT, D'OR, DE TUNGSTÈNE… ET MAINTENANT DU LITHIUM, EN PLUS… VOUS DEVENEZ RICHES À MILLIONS… HA HA HA
DEUX DOLLARS… À PRENDRE OU À LAISSER… PERSONNE NE VOUS EN DONNERA PLUS…
D'ACCORD, D'ACCORD, MONSIEUR WANG, SIX TONNES À DEUX DOLLARS LE KILO…
BIEN. MARCHÉ CONCLU…! ON VA FÊTER ÇA…!

ON DEVRAIT LAISSER TOMBER LES RAÏA MUTOMBOKI… AVEC EUX, ON NE CONNAÎTRA QUE LA VIOLENCE ET LA MORT… PENDANT QUE LES MESSIEURS EN COSTUME RAFLENT TOUT L'ARGENT…
ET OÙ TU VEUX QU'ON AILLE… ? ON N'A PLUS DE FAMILLE…
PRÈS DE BUKAVU Y A L'HÔPITAL DU DOCTEUR MUKWEGE… IL A AUSSI UNE ÉCOLE… J'AIMERAIS APPRENDRE LA MENUISERIE… PARCE QU'Y A PAS D'AVENIR POUR UN CUISINIER, DANS CE PAYS…
C'EST PAS LE DOCTEUR RECOUFESSES, LÀ… ?
ON L'APPELLE COMME ÇA PARCE QU'IL SOIGNE LES VICTIMES DE VIOL… ON DIT QUE C'EST UN HOMME BON…
NOTRE VICTOIRE SUR LES MAÏ-MAÏ SERA RÉCOMPENSÉE… JE VIENS DE PASSER UN CONTRAT AVEC LES CHINOIS QUI NOUS ACHÈTENT LE COLTAN… VOUS GAGNEREZ PLUS ET VOUS AUREZ DE MEILLEURES ARMES…
ALLONS BOIRE DE LA BIÈRE POUR FÊTER ÇA… J'AI AUSSI APPORTÉ DES BOUTEILLES D'ALCOOL…
MOI, J'AIME PAS BOIRE DE L'ALCOOL…
MOI, J'AIME BIEN «LA RAGE» QUE DONNE LA DAWA… MAIS LA BIÈRE, NON…
RÉFLÉCHIS À MA PROPOSITION DE QUITTER LES RAÏA MUTOMBOKI… TU VAS CONTINUER À TUER JUSQU'À LA FIN DE TES JOURS… ?
JE SAIS PAS, JOSEPH… JE VEUX JUSTE DORMIR, LÀ…
OUAIS… ! VIVE WAMBA ! WAMBA EST LE MEILLEUR COMMANDANT… !
MERCI, COMMANDANT… AUJOURD'HUI ON FAIT LA FÊTE… OUAIS… !

RÉVEILLE-TOI… NIVEK, RÉVEILLE-TOI…
LES MAÏ-MAÏ… LES MAÏ-MAÏ SONT REVENUS…
LES MAI-MAI ARRIVENT…! ILS SONT DEVANT LA PORTE…! FAUT SE TIRER DE LÀ…!
RATATATATA
BANG
BANG
BANG
BANG
PAR ICI… ON VA SE CACHER DANS LA FORÊT…

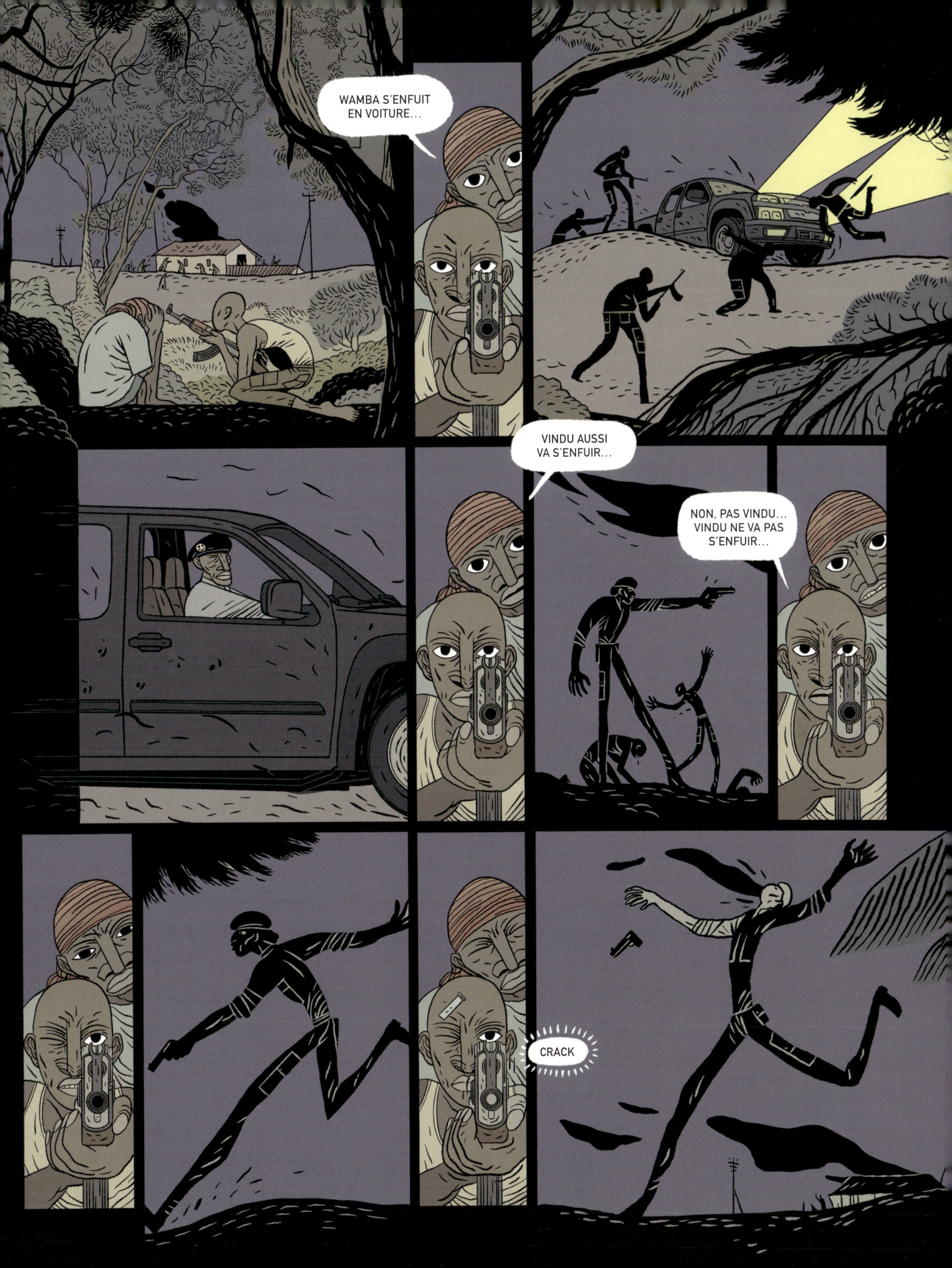
WAMBA S'ENFUIT EN VOITURE...
VINDU AUSSI VA S'ENFUIR...
NON, PAS VINDU... VINDU NE VA PAS S'ENFUIR...
CRACK

OÙ SONT PASSÉS LES MAÏ-MAÏ… ?
ILS ONT DÛ LAISSER QUELQUES SOLDATS MONTER LA GARDE PENDANT QUE LES AUTRES ALLAIENT RÉCUPÉRER LES MINES… ILS ONT PEUT-ÊTRE DÉJÀ TUÉ TOUTE NOTRE MILICE…
ILS RATTRAPERONT PAS WAMBA… ET IL MONTERA UNE AUTRE MILICE… LES RAÏA MUTOMBOKI NE DISPARAÎTRONT PAS…
TU VEUX RETOURNER AVEC WAMBA ET CONTINUER À TUER… ?
POURQUOI T'ENTERRES TON FUSIL… ? IL PEUT NOUS PROTÉGER DES DANGERS DU VOYAGE…
J'AI PLUS DE BALLES… ÇA SERA JUSTE UN POIDS INUTILE ET LE CHEMIN EST LONG… MAIS JE RESTE QUAND MÊME UN SOLDAT…
QU'EST-CE QU'ON FAIT, ALORS… ? OÙ ON VA… ?
ON N'A QU'À ALLER VOIR LE DOCTEUR MUKWEGE À PANZI… LE DOCTEUR RECOUFESSES, COMME TU L'APPELLES… ON Y APPRENDRA UN MÉTIER ET TOI TU SERAS PLUS UN TUEUR…
JE SUIS PAS UN TUEUR… JE SUIS UN GUERRIER…
C'EST OÙ, PANZI… ?
DANS LE SUD… UN PEU AVANT BUKAVU, PRÈS DE LA RIVIÈRE RUSIZI…
ET C'EST LOIN… ?
NON… À DEUX OU TROIS JOURS DE MARCHE…
T'Y ES DÉJÀ ALLÉ ?
JE SUIS ALLÉ DANS LA RÉGION AVEC MON PÈRE Y A LONGTEMPS… C'EST CONTRÔLÉ PAR LE COLONEL MATUMO… LÀ-BAS, Y A PAS DE COLTAN, MAIS BEAUCOUP DE CASSITÉRITE…
MON PÈRE M'EMMENAIT TOUJOURS AVEC LUI EN VOYAGE…
D'ACCORD… CAP SUR PANZI, ALORS… JE N'AI AUCUN AUTRE ENDROIT OÙ ALLER…

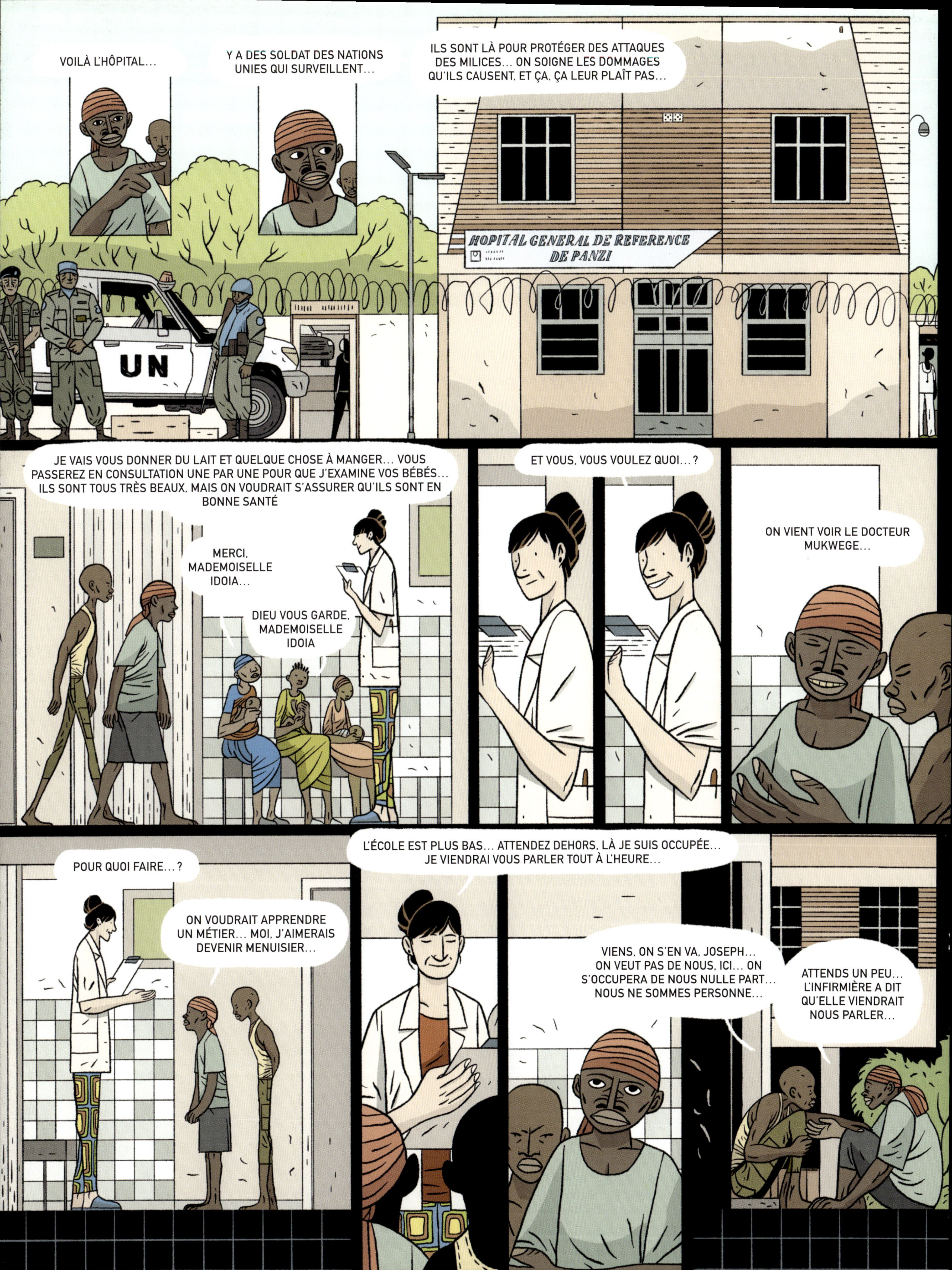
VOILÀ L'HÔPITAL...
Y A DES SOLDAT DES NATIONS UNIES QUI SURVEILLENT...
ILS SONT LÀ POUR PROTÉGER DES ATTAQUES DES MILICES... ON SOIGNE LES DOMMAGES QU'ILS CAUSENT, ET ÇA, ÇA LEUR PLAÎT PAS...
UN
HOPITAL GENERAL DE REFERENCE DE PANZI
JE VAIS VOUS DONNER DU LAIT ET QUELQUE CHOSE À MANGER... VOUS PASSEREZ EN CONSULTATION UNE PAR UNE POUR QUE J'EXAMINE VOS BÉBÉS... ILS SONT TOUS TRÈS BEAUX, MAIS ON VOUDRAIT S'ASSURER QU'ILS SONT EN BONNE SANTÉ
MERCI, MADEMOISELLE IDOIA...
DIEU VOUS GARDE, MADEMOISELLE IDOIA
ET VOUS, VOUS VOULEZ QUOI... ?
ON VIENT VOIR LE DOCTEUR MUKWEGE...
POUR QUOI FAIRE... ?
ON VOUDRAIT APPRENDRE UN MÉTIER... MOI, J'AIMERAIS DEVENIR MENUISIER...
L'ÉCOLE EST PLUS BAS... ATTENDEZ DEHORS, LÀ JE SUIS OCCUPÉE... JE VIENDRAI VOUS PARLER TOUT À L'HEURE...
VIENS, ON S'EN VA, JOSEPH... ON VEUT PAS DE NOUS, ICI... ON S'OCCUPERA DE NOUS NULLE PART... NOUS NE SOMMES PERSONNE...
ATTENDS UN PEU... L'INFIRMIÈRE A DIT QU'ELLE VIENDRAIT NOUS PARLER...

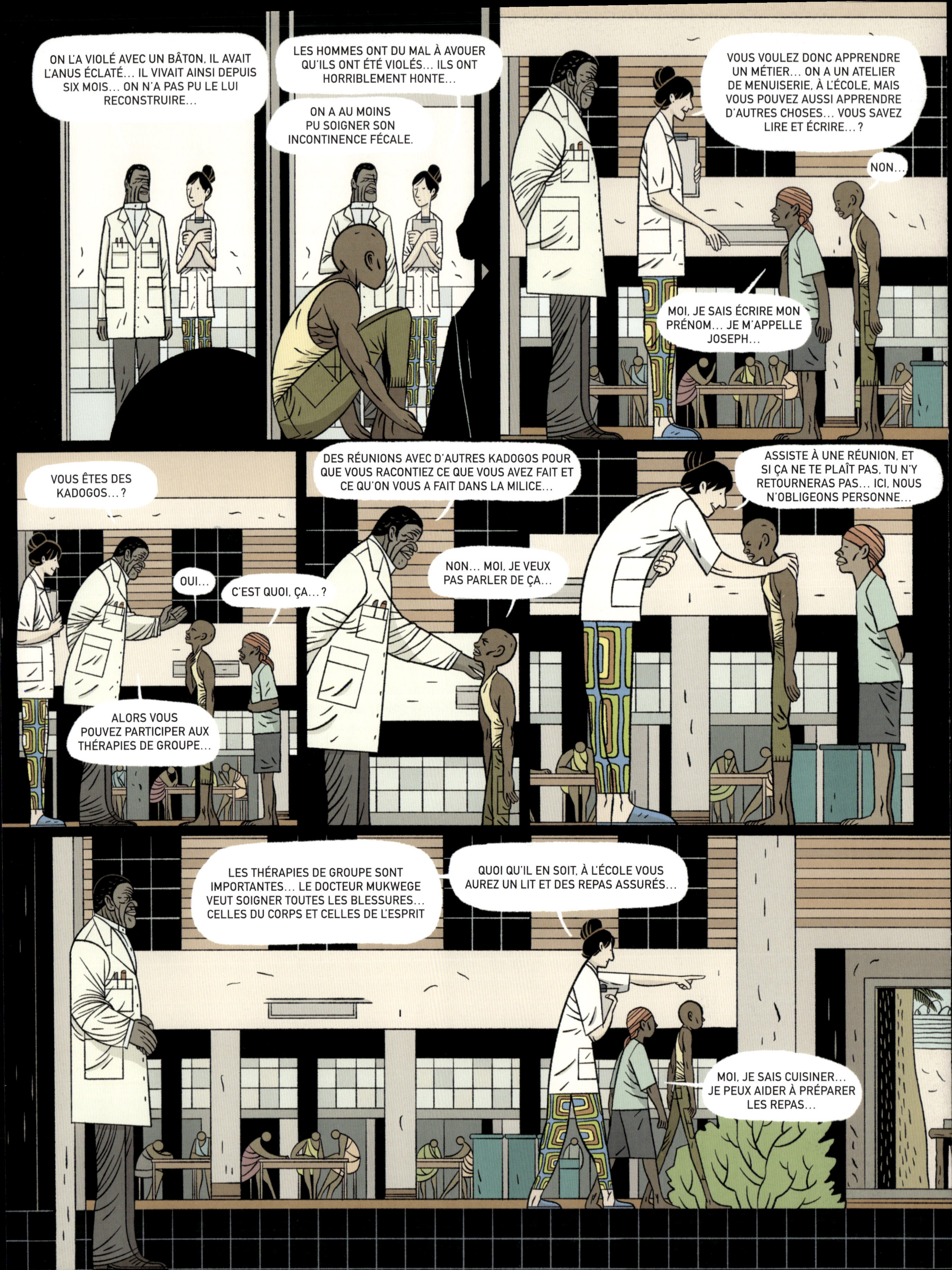

ON L'A VIOLÉ AVEC UN BÂTON, IL AVAIT L'ANUS ÉCLATÉ… IL VIVAIT AINSI DEPUIS SIX MOIS… ON N'A PAS PU LE LUI RECONSTRUIRE…
LES HOMMES ONT DU MAL À AVOUER QU'ILS ONT ÉTÉ VIOLÉS… ILS ONT HORRIBLEMENT HONTE…
ON A AU MOINS PU SOIGNER SON INCONTINENCE FÉCALE.
VOUS VOULEZ DONC APPRENDRE UN MÉTIER… ON A UN ATELIER DE MENUISERIE, À L'ÉCOLE, MAIS VOUS POUVEZ AUSSI APPRENDRE D'AUTRES CHOSES… VOUS SAVEZ LIRE ET ÉCRIRE… ?
NON…
MOI, JE SAIS ÉCRIRE MON PRÉNOM… JE M'APPELLE JOSEPH…
VOUS ÊTES DES KADOGOS… ?
OUI…
C'EST QUOI, ÇA… ?
ALORS VOUS POUVEZ PARTICIPER AUX THÉRAPIES DE GROUPE…
DES RÉUNIONS AVEC D'AUTRES KADOGOS POUR QUE VOUS RACONTIEZ CE QUE VOUS AVEZ FAIT ET CE QU'ON VOUS A FAIT DANS LA MILICE…
NON… MOI, JE VEUX PAS PARLER DE ÇA…
ASSISTE À UNE RÉUNION, ET SI ÇA NE TE PLAÎT PAS, TU N'Y RETOURNERAS PAS… ICI, NOUS N'OBLIGEONS PERSONNE…
LES THÉRAPIES DE GROUPE SONT IMPORTANTES… LE DOCTEUR MUKWEGE VEUT SOIGNER TOUTES LES BLESSURES… CELLES DU CORPS ET CELLES DE L'ESPRIT
QUOI QU'IL EN SOIT, À L'ÉCOLE VOUS AUREZ UN LIT ET DES REPAS ASSURÉS…
MOI, JE SAIS CUISINER… JE PEUX AIDER À PRÉPARER LES REPAS…

CRIIIISSS CRIIIISSS
TROP DIFFICILE, CE TRUC... !
TU DOIS TRAVAILLER LE BOIS PLUS DÉLICATEMENT... FAUT PAS LE FRAPPER. CARESSE-LE... ET SOIS PATIENT... ON RATE TOUJOURS, LA PREMIÈRE FOIS...
MAIS MOI, JE VEUX PAS ÊTRE MENUISIER...

JE RÊVE QUE MA MÈRE S'APPROCHE EN PLEURANT AVEC SES SEINS À LA MAIN ET ME DEMANDE : « POURQUOI, MON FILS… ? POURQUOI TU M'AS FAIT ÇA… ? »
ALORS JE ME RÉVEILLE EN PLEURANT… JE ME RÉVEILLE TOUJOURS EN PLEURANT…
LES AUTRES AUSSI, VOUS AVEZ TUÉ VOS FAMILLES… ? L'UN DE VOUS A-T-IL MANGÉ LES SEINS DE SA MÈRE ?
BAH MOI J'AI PAS DE CAUCHEMARS ET JE REGRETTE RIEN… AU CONGO, POUR ÊTRE QUELQU'UN IL FAUT AVOIR UN FUSIL… PLUS TU TUES, PLUS ON TE RESPECTE…
JE VEUX REDEVENIR SOLDAT… EN RÉALITÉ, JE SUIS TOUJOURS UN SOLDAT…
ET TOI, NIVEK… ?
JE SAIS PAS… MOI J'AIMAIS BIEN ALLER AU COMBAT.
TU TE DROGUAIS… ?
NON… JE BUVAIS LA POTION DE LA DAWA ET ÇA ME DONNAIT LA RAGE…
TOI, T'AIMAIS BIEN TUER, AVOUE-LE… QUAND T'APPRENDS À TUER PETIT, T'Y PRENDS GOÛT… PARCE QUE TU TE SENS FORT ET COURAGEUX…
BIEN, BIEN… ON VA S'ARRÊTER LÀ POUR AUJOURD'HUI… MAINTENANT VOUS AVEZ COURS DE GÉOGRAPHIE…

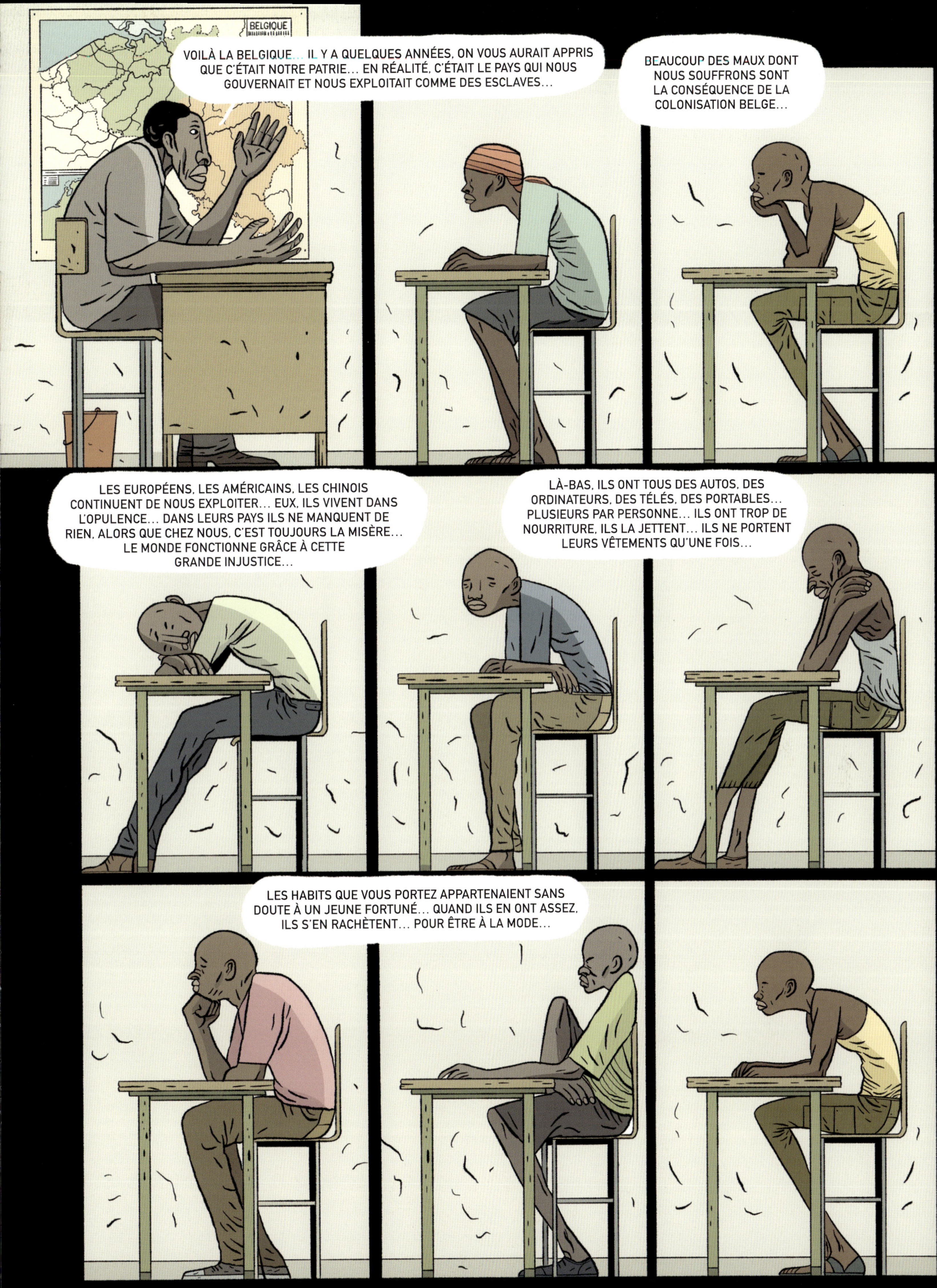
BELGIQUE
VOILÀ LA BELGIQUE… IL Y A QUELQUES ANNÉES, ON VOUS AURAIT APPRIS QUE C'ÉTAIT NOTRE PATRIE… EN RÉALITÉ, C'ÉTAIT LE PAYS QUI NOUS GOUVERNAIT ET NOUS EXPLOITAIT COMME DES ESCLAVES…
BEAUCOUP DES MAUX DONT NOUS SOUFFRONS SONT LA CONSÉQUENCE DE LA COLONISATION BELGE…
LES EUROPÉENS, LES AMÉRICAINS, LES CHINOIS CONTINUENT DE NOUS EXPLOITER… EUX, ILS VIVENT DANS L'OPULENCE… DANS LEURS PAYS ILS NE MANQUENT DE RIEN, ALORS QUE CHEZ NOUS, C'EST TOUJOURS LA MISÈRE… LE MONDE FONCTIONNE GRÂCE À CETTE GRANDE INJUSTICE…
LÀ-BAS, ILS ONT TOUS DES AUTOS, DES ORDINATEURS, DES TÉLÉS, DES PORTABLES… PLUSIEURS PAR PERSONNE… ILS ONT TROP DE NOURRITURE, ILS LA JETTENT… ILS NE PORTENT LEURS VÊTEMENTS QU'UNE FOIS…
LES HABITS QUE VOUS PORTEZ APPARTENAIENT SANS DOUTE À UN JEUNE FORTUNÉ… QUAND ILS EN ONT ASSEZ, ILS S'EN RACHÈTENT… POUR ÊTRE À LA MODE…

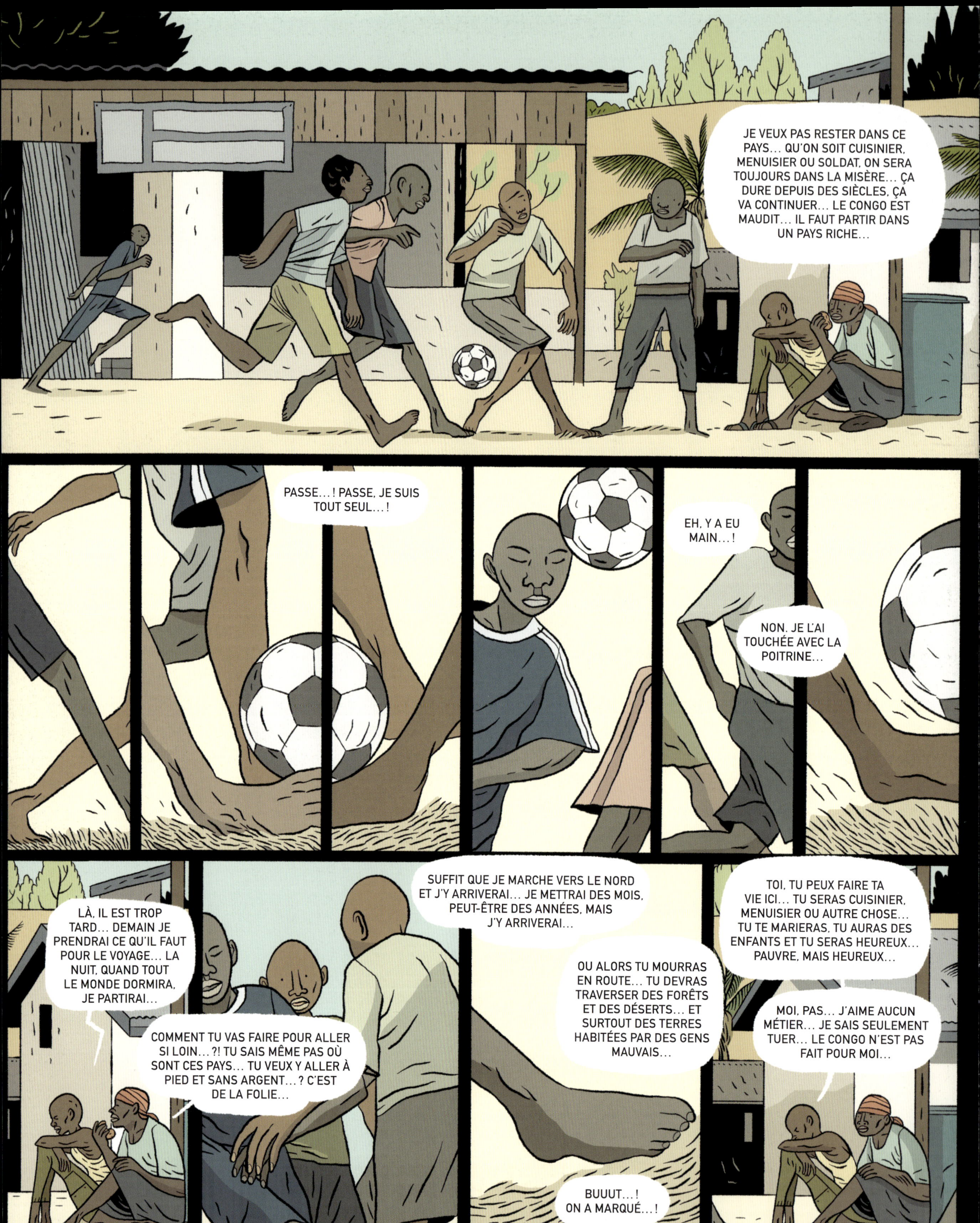
JE VEUX PAS RESTER DANS CE PAYS… QU'ON SOIT CUISINIER, MENUISIER OU SOLDAT, ON SERA TOUJOURS DANS LA MISÈRE… ÇA DURE DEPUIS DES SIÈCLES, ÇA VA CONTINUER… LE CONGO EST MAUDIT… IL FAUT PARTIR DANS UN PAYS RICHE…
PASSE… ! PASSE, JE SUIS TOUT SEUL… !
EH, Y A EU MAIN… !
NON, JE L'AI TOUCHÉE AVEC LA POITRINE…
LÀ, IL EST TROP TARD… DEMAIN JE PRENDRAI CE QU'IL FAUT POUR LE VOYAGE… LA NUIT, QUAND TOUT LE MONDE DORMIRA, JE PARTIRAI…
COMMENT TU VAS FAIRE POUR ALLER SI LOIN… ?! TU SAIS MÊME PAS OÙ SONT CES PAYS… TU VEUX Y ALLER À PIED ET SANS ARGENT… ? C'EST DE LA FOLIE…
SUFFIT QUE JE MARCHE VERS LE NORD ET J'Y ARRIVERAI… JE METTRAI DES MOIS, PEUT-ÊTRE DES ANNÉES, MAIS J'Y ARRIVERAI…
OU ALORS TU MOURRAS EN ROUTE… TU DEVRAS TRAVERSER DES FORÊTS ET DES DÉSERTS… ET SURTOUT DES TERRES HABITÉES PAR DES GENS MAUVAIS…
BUUUT… ! ON A MARQUÉ… !
TOI, TU PEUX FAIRE TA VIE ICI… TU SERAS CUISINIER, MENUISIER OU AUTRE CHOSE… TU TE MARIERAS, TU AURAS DES ENFANTS ET TU SERAS HEUREUX… PAUVRE, MAIS HEUREUX…
MOI, PAS… J'AIME AUCUN MÉTIER… JE SAIS SEULEMENT TUER… LE CONGO N'EST PAS FAIT POUR MOI…

PSSSTTT… NIVEK…
QUI EST-CE… ?
C'EST MOI, JOSEPH… J'AI DÉCIDÉ DE PARTIR AVEC TOI…
POURQUOI… ? JE T'AI DIT QUE TA SITUATION ÉTAIT TRÈS DIFFÉRENTE DE LA MIENNE…
ON N'A PLUS DE FAMILLE, NI TOI NI MOI… ON VEILLE L'UN SUR L'AUTRE DEPUIS DES MOIS… ON EST DES FRÈRES, NON ?
OUI… DES FRÈRES…
JE PARIE QUE T'AS PAS PRÉVU TOUT CE QU'IL NOUS FAUT POUR UN VOYAGE PAREIL… ON A BESOIN DE MACHETTES POUR NOUS FRAYER UN CHEMIN DANS LA FORÊT ET NOUS DÉFENDRE… JE LES AI VOLÉES DANS LA CUISINE…
OUAAHHOUH ! DES MACHETTES… !

LA JUNGLE

LA VÉGÉTATION EST DE PLUS EN PLUS DENSE… ON VA FINIR PAR SE PERDRE…
NON… LA DIRECTION EST TRÈS CLAIRE… IL FAUT TOUJOURS MARCHER VERS LE NORD…
MAIS Y A PAS DE SENTIER… ET TOUS LES ARBRES SONT PAREILS…
ON S'OUVRIRA UN CHEMIN À LA MACHETTE…
ON RISQUE DE TOURNER EN ROND ET DE SE FATIGUER SANS AVANCER…
ON AVANCE SUR TERRE, MAIS EN FAIT NOTRE CHEMIN EST DANS LE CIEL…
TCHACK
TCHACK
COMMENT ÇA… ?
LE JOUR, ON SE GUIDERA EN FONCTION DE LA POSITION DU SOLEIL… LA NUIT, SELON LA POSITION DE ÉTOILES…
MMMHHH… UN CHEMIN D'ÉTOILES… J'ADORE… ON LES ATTEINDRA TOUTES.
TU SAIS T'ORIENTER D'APRÈS LE SOLEIL ET LES ÉTOILES, TOI…
C'EST FACILE… MON PÈRE M'A APPRIS…
TCHACK
TCHACK
TCHACK

ON DOIT TROUVER UN ENDROIT OÙ DORMIR… LA NUIT TOMBE VITE, DANS LA JUNGLE…
OÙ EST-CE QU'ON VA DORMIR… ? Y A DES BESTIOLES PARTOUT… CERTAINES VENIMEUSES…
ON DORMIRA LÀ-HAUT… SUR LA CIME D'UN ARBRE…
SUR LA CIME D'UN ARBRE… ? T'AS VU LA HAUTEUR… ? ON VA TOMBER ET SE TUER…
ON SE FABRIQUERA UN LIT DE FEUILLES ET DE BRANCHES… ÇA TIENDRA SANS PROBLÈME ET EN PLUS IL SERA DOUILLET… COMME UN NID…
J'AVAIS JAMAIS GRIMPÉ À UN ARBRE AUSSI HAUT…
SUR TOUS LES ARBRES, Y A UNE ROUTE POUR ATTEINDRE LE SOMMET… SUFFIT DE LA TROUVER… ACCROCHE-TOI AUX MÊMES ENDROITS QUE MOI…
ON EST SUPER HAUT…
LE VAILLANT GUERRIER A LE VERTIGE… ?

COUPE DES BRANCHES BIEN FEUILLUES… POUR QUE NOTRE COUCHE SOIT PLUS SÛRE…
FAUT CHOISIR DEUX BRANCHES BIEN SOLIDES ET RAPPROCHÉES POUR LA BASE… PAR-DESSUS, T'ENTRECROISES LES BRANCHES ET LES FEUILLES QUE T'AS COUPÉES… ET TU CONTINUES JUSQU'À OBTENIR UN MATELAS BIEN ÉPAIS…
VOILÀ… C'EST SOLIDE ET MOELLEUX… ON VA DORMIR COMME DES BÉBÉS…
À TA DROITE T'AS DEUX BRANCHES QUI VONT TE SERVIR DE BASE…
D'EN HAUT, ON COMPREND MIEUX LA FORÊT… LA VIE EST ICI, AU SOMMET…
OUI, Y A PLEIN D'ANIMAUX… MAIS MOINS DE MOUSTIQUES QU'EN BAS… AU MOINS, LA NUIT, ON SE FERA PAS PIQUER…
ON A EU UNE RUDE JOURNÉE… JE SUIS CREVÉ… BONNE NUIT…
BONNE NUIT…

NON... NON, MAMAN...
VEUX PAS LE SEIN...
NIVEK...! RÉVEILLE-TOI, NIVEK...! TU FAIS UN CAUCHEMAR...
HEEIIIIN...?
LA NATURE NOUS OFFRE UN PETIT DÉJEUNER DE ROI... CES FRUITS SONT DÉLICIEUX...
PAS LES NOIRS, NIVEK... ILS SONT TROP AMERS... CUEILLE LES ROUGES...
COMMENT T'AS APPRIS À FAIRE DES LITS DANS LES ARBRES ET À DISTINGUER LES BONS FRUITS DES MAUVAIS, TOI...?
C'EST MON PÈRE QUI M'A APPRIS.
IL T'A APPRIS BEAUCOUP DE CHOSES...

J'ÉTAIS TOUT PETIT QUAND MA MÈRE EST MORTE, ALORS MON PÈRE M'EMMENAIT AVEC LUI QUAND IL PARTAIT…
IL FAISAIT QUOI, TON PÈRE… ?
IL FAISAIT LA LUMIÈRE…
LA LUMIÈRE ?
OUI… MON PÈRE ÉTAIT ÉLECTRICIEN… IL RÉPARAIT LES GÉNÉRATEURS, LES BATTERIES, LES CÂBLES… ON SILLONNAIT LA RÉGION POUR CONNECTER DES FILS ET CHANGER DES AMPOULES…
MON PÈRE AIMAIT DIRE QU'IL FAISAIT LA LUMIÈRE…
IL EST MORT Y A LONGTEMPS… ?
OUI… QUATRE ANS… PENDANT L'ÉPIDÉMIE D'EBOLA…
IL ME MANQUE…
T'AS DE LA CHANCE… MOI, MON PÈRE, IL EST MORT À LA MINE QUAND J'ÉTAIS TOUT PETIT… IL A RIEN EU LE TEMPS DE M'APPRENDRE…
LA VACHE, JOSEPH… ! COMMENT T'AS FAIT… ? SI VITE ET SI PRÉCIS… TU M'AS SAUVÉ LA VIE
T'ES COURAGEUX…
JE SUIS PAS VIOLENT… JE COMBATTRAI JAMAIS COMME UN GUERRIER… MAIS JE SUIS PAS TROUILLARD…

YEEEAAAHHH... !
VIENS TE BAIGNER... ÇA VA TE RAFRAÎCHIR ET TE NETTOYER... T'ES TOUT SALE...
JE SAIS PAS NAGER...
T'INQUIÈTE... JE VAIS T'APPRENDRE...
ALLONGE-TOI SUR L'EAU ET DÉTENDS-TOI... COMME SI T'ÉTAIS SUR TON LIT...
ET N'AIE PAS PEUR, SURTOUT... C'EST LA PEUR QUI ALOURDIT LE PLUS LES GENS...
SI T'AS PEUR DE TE NOYER, TU COULES... SI T'AS PAS PEUR, TU FLOTTES...

ET MAINTENANT REMUE LES BRAS ET LES PIEDS...
JE LE TIENS... !
DOMMAGE... ! AVEC UN PEU DE PILI-PILI, CE SERAIT MEILLEUR...
AVEC OU SANS PILI-PILI, C'EST SUPER BON... J'AI TROP FAIM...
REGARDE, UN LÉZARD DE FEU... SA VIANDE EST TRÈS BONNE AUSSI...

VOUS ÊTES QUI...
NOUS SOMMES LES BAKA... ET ICI, C'EST NOTRE TERRITOIRE... DE LA RIVIÈRE SHANGA JUSQU'AUX MONTS BONGO...
MON NOM EST MOMPANA... ET VOICI PELEMBI, NOTRE CHEF...
LUI, C'EST NIVEK, ET MOI, JOSEPH... ON VIENT DU KIVU SUD ET ON VA EN EUROPE...
NOUS NE CONNAISSONS PAS CES ENDROITS... NOUS NE VOYAGEONS PAS... ICI, NOUS AVONS TOUT CE QU'IL NOUS FAUT...
NOUS ALLONS VOIR LES FEMMES JOUER DU TAMBOUR D'EAU... NOUS FAISONS TOUJOURS ÇA AU DÉBUT DU PRINTEMPS... AVANT QUE LES ÉLÉPHANTS TRAVERSENT NOS TERRES...
TU N'ES PAS TRÈS BON CHASSEUR... C'EST PAS COMME ÇA QUE TU ATTRAPERAS UN DRAGON DE FEU... MON NOM EST MBÉ...
JE SAIS PAS CHASSER... MAIS JE SUIS UN BON GUERRIER...
AUJOURD'HUI LES HOMMES NE PEUVENT PAS SE BAIGNER... ET ILS DOIVENT GARDER LE SILENCE... POUR ENTENDRE LES FEMMES FAIRE CHANTER L'EAU...
LES FEMMES ARRIVENT... ELLES JOUENT TRÈS BIEN DU TAMBOUR D'EAU... MOI, J'AIME BIEN NAWHIA, LA TROISIÈME DE LA FILE... ELLE A DES SEINS MAGNIFIQUES...

FLAP FLAP
FLAP FLAP
FLAP FLAP
FLAP FLAP FLAP SPLASH… FLAP FLAP SPLASH… FLAP FLAP SPLASH…
FLAP FLAP FLAP SPLASH… FLAP FLAP SPLASH…
FLAP FLAP

DEMAIN, C'EST LE JOUR DE LA CHASSE À L'ÉLÉPHANT… CETTE NUIT NOUS INVOQUERONS EYENGUI, L'ESPRIT DE LA FORÊT, POUR QU'IL NOUS DONNE LA FORCE ET NOUS CONCÈDE UNE BONNE PROIE…
CE SONT DES VOYAGEURS QUI VONT DANS UN PAYS TRÈS LOINTAIN… MAIS ILS NE SAVENT PAS CHASSER… HI HI HI HI !
HI HI HI HI HI

NOUS CHANTERONS LE «YELLI» JUSQU'À CE QUE LE GRAND EYENGUI APPARAISSE... C'EST L'ESPRIT DE LA FORÊT... POUR QU'IL VIENNE, ON DOIT JOUER DES INSTRUMENTS FABRIQUÉS UNIQUEMENT AVEC DES MATÉRIAUX DE LA FORÊT...
LES MUSICIENS LES PRÉPARENT... L'ARC DE TERRE, LE BALAFON DE CALEBASSES, LA LETA, UNE HARPE À SEPT BRANCHES, LE LIMBINDI, L'AITA... MON PRÉFÉRÉ, C'EST LE NGOMBI...
ET LES TAMBOURS ?
LES TAMBOURS, C'EST POUR APRÈS... POUR FAIRE DANSER EYENGUI...
YELLI YELLI OOOO... YELLI YELLI AAAA... YELLI YELLI OOOO...
YELLI YELLI OOOO... YELLI YELLI AAAA... YELLI YELLI OOOO...
YELLI YELLI OOOO... YELLI YELLI AAAA... YELLI YELLI OOOO...
YELLI YELLI OOOO... YELLI YELLI AAAA... YELLI YELLI OOOO...
RRRSSSS RRRSSSS
RRRSSSS RRRSSSS
YELLI YELLI OOOO... YELLI YELLI AAAA... YELLI YELLI OOOO...
EYENGUI... EYENGUI... GRAND EYENGUI... EYENGUI EST ARRIVÉ...
C'EST COMME LE TIMBILIKITI CHEZ NOUS...
SAUF QUE LE TIMBILIKITI NE DANSE PAS... IL DEMANDE JUSTE DE L'ARGENT ET DU TABAC...
TAM TAM DOMP... TAM TAM DOMP... TAM TAM DOMP...

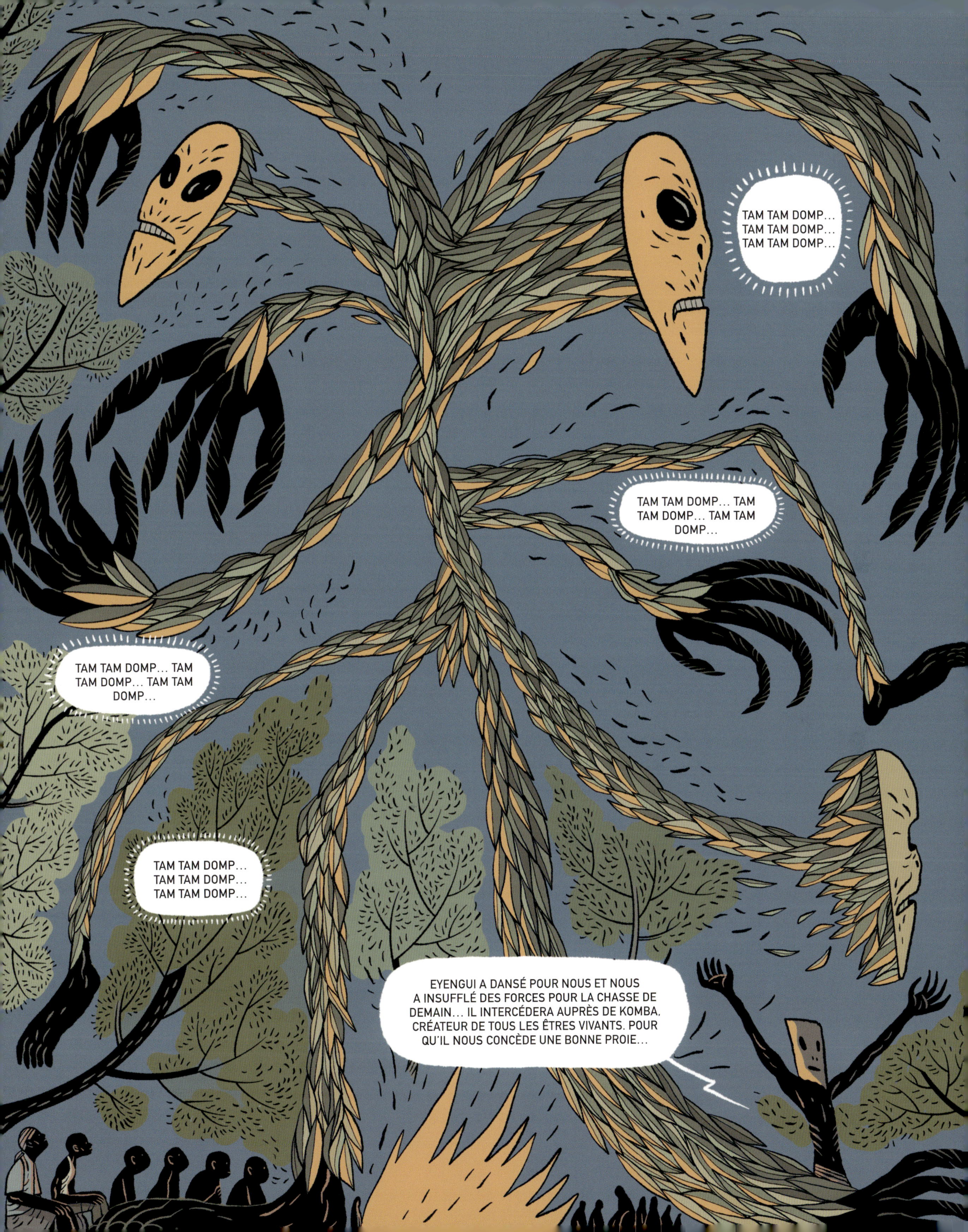
TAM TAM DOMP… TAM TAM DOMP… TAM TAM DOMP…
TAM TAM DOMP… TAM TAM DOMP… TAM TAM DOMP…
TAM TAM DOMP… TAM TAM DOMP… TAM TAM DOMP…
TAM TAM DOMP… TAM TAM DOMP… TAM TAM DOMP…
EYENGUI A DANSÉ POUR NOUS ET NOUS A INSUFFLÉ DES FORCES POUR LA CHASSE DE DEMAIN… IL INTERCÉDERA AUPRÈS DE KOMBA, CRÉATEUR DE TOUS LES ÊTRES VIVANTS. POUR QU'IL NOUS CONCÈDE UNE BONNE PROIE…

SALUT...!
SALUT...!
MON NOM EST NAWHIA...
MOI, JE M'APPELLE JOSEPH...

TU VEUX TE MARIER AVEC MOI…
?
COMMENT ÇA… ? JE SUIS TROP JEUNE… J'AI UN CORPS PLUS GRAND QUE LE TIEN, PARCE QUE VOUS ÊTES DES PYGMÉES, MAIS JE NE SUIS PAS ENCORE ADULTE…
EN PLUS JE SUIS DE PASSAGE… D'ICI QUELQUES JOURS ON VA REPARTIR…
M'EN FICHE DE TON ÂGE ET DE TON DÉPART… JE TE SUIVRAI DANS CE PAYS OÙ VOUS ALLEZ… JE SUIS PRÊTE À TOUT POUR NE PAS ÉPOUSER MBUNDO…
ET MÊME SI TU ES JEUNE, JE SAIS QUE TU SERAS GENTIL ET QUE TU SAURAS PRENDRE SOIN DE MOI…
AUJOURD'HUI, MBUNDO CHASSERA L'ÉLÉPHANT ET IL M'OFFRIRA LE PLUS BEAU MORCEAU… JE DEVRAI L'ACCEPTER… NOS FAMILLES SE SONT MISES D'ACCORD…
MBUNDO NE ME PLAÎT PAS… IL EST BRUTAL ET IL TRAITE MAL LES FEMMES… IL NE PENSE QU'À LA CHASSE ET À LA BAGARRE…
MOI, C'EST MBÉ QUI ME PLAÎT…
TOI AUSSI, TU LUI PLAIS… IL ME L'A DIT QUAND TU JOUAIS DU TAMBOUR D'EAU…
TU PEUX RIEN FAIRE POUR REFUSER L'AUTRE… ?
CE SONT NOS COUTUMES ET NOUS DEVONS TOUS LES HONORER…
J'AI UNE IDÉE… JE SUIS CUISINIER… TOUT CE QUE JE MIJOTE EST DÉLICIEUX… Y COMPRIS LA VIANDE D'ÉLÉPHANT.
QUAND MBUNDO T'OFFRIRA SON MORCEAU DE VIANDE, TU DIRAS QUE TU ÉPOUSERAS CELUI QUI SAURA LE MIEUX PRÉPARER LE SIEN… LE MEILLEUR MORCEAU, C'EST PAS LE PLUS GROS, MAIS LE PLUS SAVOUREUX…
TU CROIS QUE ÇA PEUT MARCHER… ?
ON NE PERD RIEN À ESSAYER… PERSONNE À CE JOUR N'A RÉSISTÉ À MES RECETTES…

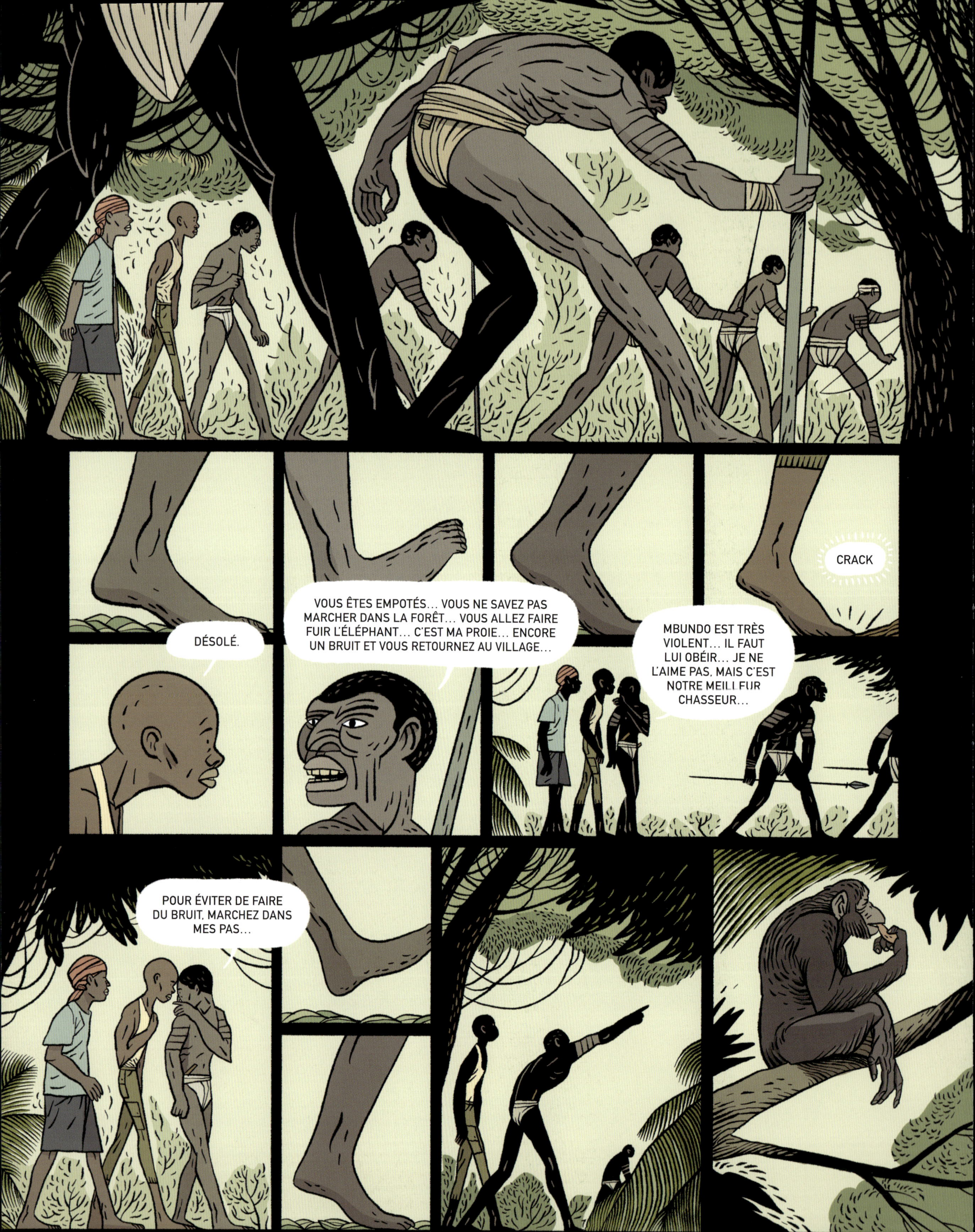
CRACK
DÉSOLÉ.
VOUS ÊTES EMPOTÉS… VOUS NE SAVEZ PAS MARCHER DANS LA FORÊT… VOUS ALLEZ FAIRE FUIR L'ÉLÉPHANT… C'EST MA PROIE… ENCORE UN BRUIT ET VOUS RETOURNEZ AU VILLAGE…
MBUNDO EST TRÈS VIOLENT… IL FAUT LUI OBÉIR… JE NE L'AIME PAS, MAIS C'EST NOTRE MEILLEUR CHASSEUR…
POUR ÉVITER DE FAIRE DU BRUIT, MARCHEZ DANS MES PAS…

NOUS NE POUVONS PAS RATER L'OCCASION… C'EST UNE PROIE FACILE…
JE RÉCUPÈRE LE DARD PARCE QU'IL EST IMBIBÉ DE VENIN DE KOMBÉ, LE PLUS PUISSANT QUI SOIT… IL PEUT ENCORE SERVIR POUR UNE AUTRE PIÈCE…
QUE FAIS-TU, MBÉ…? NOUS SOMMES LÀ POUR CHASSER L'ÉLÉPHANT… NOUS N'AVONS PAS DE TEMPS À PERDRE AVEC DU PETIT GIBIER.
IL ÉTAIT À MA PORTÉE… ET LA VIANDE DE CHIMPANZÉ EST EXCELLENTE…
PLUS AUCUN BRUIT, CONCENTREZ-VOUS… NOUS ARRIVONS SUR LE SENTIER DES ÉLÉPHANTS…

CRRRSSS CRRRSSS CRRRSSS CRRRSSS
BRAAAAAAAHHHH
AAAAHHH ! OUH OUH OUH OUH ! OUSTE ! OUSTE ! PARTEZ !
BRAAAAAAAHHHH BRAAAAAAAHHHH

YEEEEAAAAHHHH !
BRAAAAAAAAHHHH
YAAAHHH ! YAAAHHH ! YAAAHHH !

GRAND KOMBA, PARDONNE-NOUS D'AVOIR PRIS CETTE VIE QUE TU AS CRÉÉE… NOUS LA MANGERONS EN TON HONNEUR… ET NOUS LAISSERONS UNE PARTIE DE SA CHAIR POUR NOURRIR LES AUTRES CRÉATURES DE LA FORÊT.
C'EST UNE FEMELLE… SANS DOUTE LA REINE DU TROUPEAU… SON SANG ME RENDRA FORT…
YALLA YALLA YEEEHH… YALLA YALLA YOOOHH… YALLA YALLA YEEEHH… YALLA YALLA YOOOHH…
ILS ARRIVENT… ! ILS ARRIVENT… !
LES CHASSEURS SONT REVENUS… !
ILS ONT BEAUCOUP DE VIANDE…
OUI… ON DIRAIT QUE LA CHASSE A ÉTÉ BONNE…

BELLE NAWHIA, JE T'APPORTE LE MEILLEUR MORCEAU DE VIANDE… LE GRAND KOMBA A PLACÉ UN PUISSANT ÉLÉPHANT DEVANT MOI ET JE L'AI CHASSÉ EN PENSANT À TOI… CAR JE VEUX QUE TU DEVIENNES MA FEMME… AVEC MOI TU AURAS TOUJOURS À MANGER…
TU ES UN GRAND CHASSEUR, MBUNDO… TU M'OFFRES LE MEILLEUR MORCEAU DE VIANDE ET ME DEMANDES DE PASSER LE RESTE DE MA VIE À TES CÔTÉS… MAIS LA QUANTITÉ N'EST PAS LA SEULE CHOSE QUI COMPTE… LA QUALITÉ AUSSI…
PAR EXEMPLE, NOUS, LES BAKA… NOUS SOMMES PETITS, MAIS NOUS SOMMES LES MEILLEURS, LES PROTÉGÉS D'EYENGUI ET LES PRÉFÉRÉS DE KOMBA…
???!!
???!!
JE N'ÉPOUSERAI PAS CELUI QUI M'OFFRIRA LE PLUS GROS MORCEAU DE VIANDE… MAIS CELUI QUI M'OFFRIRA LE PLUS SAVOUREUX…
NAWHIA A RAISON… MOI AUSSI, JE PRÉFÈRE UN BON MORCEAU À UN GROS… IL EST PLUS IMPORTANT DE SAVOIR CUISINER QUE DE SAVOIR CHASSER…
MAIS LA COUTUME DIT QUE LE MEILLEUR CHASSEUR AURA LA FEMME À QUI IL OFFRIRA LE MEILLEUR MORCEAU…
ET PUIS À QUOI ÇA SERT, DE VOULOIR CUISINER, S'IL N'Y A PAS DE VIANDE À METTRE SUR LE FEU… SANS CHASSE, PAS DE CUISINE…
SI TU SAIS CUISINER, TU PEUX PRÉPARER À MANGER, MÊME SANS VIANDE… TU PEUX PRÉPARER DU POISSON, DES PLANTES, DES FRUITS, DES RACINES ET MÊME DES FLEURS… LE CHASSEUR QUI NE TROUVE PAS DE PROIE MEURT DE FAIM…
JE LANCE UN DÉFI AU GRAND CHASSEUR MBUNDO… QU'IL CUISINE SON MORCEAU DE VIANDE… MOI, JE PRÉPARERAI LE MIEN, QUI EST PLUS PETIT, MOINS BEAU… JE VOUS PARIE QUE LE MIEN SERA PLUS SAVOUREUX…
D'ACCORD… QUE MBUNDO ET MBÉ CUISINENT LEUR VIANDE… AU MOINS NOUS POURRONS GOÛTER DES SAVEURS DIFFÉRENTES….

MAIS QUE FAIT MBÉ... ? IL CHAUFFE LA PIERRE ET IL CREUSE UN TROU DANS LE SOL...
IL EST DEVENU FOU... OU ALORS IL N'A PAS COMPRIS LE DÉFI... IL NE S'OCCUPE PAS DE LA VIANDE...
LES PIERRES NE FLAMBENT PAS, MBÉ... ! HA HA HA HA
PENDANT QUE MBÉ FAIT N'IMPORTE QUOI, MON MORCEAU DE VIANDE EST QUASIMENT PRÊT...
T'ES FOU, MBÉ... TU BRÛLES UNE PIERRE ET TU PLANTES DES FLEURS DANS UN MORCEAU DE VIANDE... FOU À LIER... HA HA HA HA HA
GOÛTE, NAWHIA... IL N'Y A PAS DE MEILLEURE VIANDE...
J'ATTENDS QUE MBÉ AIT TERMINÉ DE CUISINER LA SIENNE... JE GOÛTERAI ALORS LES DEUX ET JE PRENDRAI MA DÉCISION...
JE SUIS SÛR QUE C'EST TOI QUI AS APPRIS ÇA À MBÉ... AVOUE...
J'AVOUE... MAIS N'EN PARLE PAS...
J'AI SAUPOUDRÉ LA VIANDE D'HERBES AROMATIQUES POUR LUI DONNER DU GOÛT... ET LÀ JE L'ENVELOPPE DANS DES FEUILLES DE BANANIER POUR LA CUIRE...
JE METS LA PIERRE DANS LE TROU... LA PIERRE EST DÉJÀ TRÈS CHAUDE...
JE RECOUVRE LE TROU, AVEC AU FOND LA PIERRE ET LA VIANDE... SI JE LA POSAIS DIRECTEMENT SUR LE FEU, ELLE SERAIT CARBONISÉE...
SNIFFF SNIFFF SNIFFF
ÇA SENT BON... CES ARÔMES NOUS METTENT L'EAU À LA BOUCHE...

JE PRÉFÈRE LA VIANDE DE MBÉ...
ELLE EST BIEN MEILLEURE...
OOOOOOHHHHHHH!
TE FÂCHE PAS, MBUNDO... TU SERAS TOUJOURS NOTRE MEILLEUR CHASSEUR... MAIS MOI, JE SERAI LE MEILLEUR CUISINIER... ET LE MARI DE NAWHIA...
OUI, LA VIANDE DE MBÉ EST SAVOUREUSE ET PLUS TENDRE... DÉSORMAIS NOUS POURRONS MIEUX PROFITER DE LA CHASSE À L'ÉLÉPHANT...
MOI AUSSI, JE VEUX GOÛTER TA VIANDE...
ET MOI...
COMBIEN DE TEMPS IL FAUT CHAUFFER LA PIERRE?
DE QUELLE PROFONDEUR, LE TROU...?
TU METS QUELLES HERBES SUR LA VIANDE...?
J'EN VEUX UN BOUT...
GRRRHHHH

JE N'AIMERAI JAMAIS UNE FEMME... J'AI TROP TUÉ, MON CŒUR S'EST DESSÉCHÉ...
BIEN SÛR QUE TU AIMERAS UNE FEMME... QUAND T'EN TROUVERAS UNE QUI TE PLAIRA, TU L'AIMERAS... TU AURAS LE COUP DE FOUDRE... CE SERA PLUS FORT QUE TOI...
MERCI POUR TON AIDE, JOSEPH... TON PLAN A MARCHÉ... RESTEZ POUR LE MARIAGE... VOUS SEREZ NOS INVITÉS D'HONNEUR...
MERCI, MBÉ, MAIS UNE LONGUE ROUTE NOUS ATTEND... ON PARTIRA DEMAIN...
BON, D'ACCORD, MAIS JE RESTE LE MEILLEUR CHASSEUR DU VILLAGE...

QU'EYENGUI GUIDE VOS PAS ET QUE LE GRAND KOMBA VOUS PROTÈGE DE TOUS LES DANGERS...
JE VOUDRAIS T'OFFRIR MA SARBACANE ET MES DARDS... AINSI VOUS POURREZ CHASSER ET VOUS PRÉMUNIR CONTRE LES MENACES DU CHEMIN...
JE TE LA DONNE À TOI, NIVEK, PARCE QUE JE SAIS QUE TU ES UN GUERRIER... JE NE T'AI PAS VU TIRER, MAIS TU VISES BIEN, ÇA SE VOIT.
ATTENTION AUX DARDS... ILS CONTIENNENT UN POISON MORTEL...
ET MERCI BEAUCOUP À TOI, JOSEPH... POUR TOUT...
CETTE JUNGLE EST INTERMINABLE...

CHSSSSTTTT
TU SAIS CUISINER LES CALAOS... ?
SI T'ARRIVES À LE CHASSER, J'ARRIVERAI À LE CUISINER...
T'AS APPORTÉ LE BONHEUR À MBÉ ET NAWHIA... TU FAIS LE BIEN PARTOUT OÙ TU VAS... MOI, JE TUE ET J'AI LA RAGE... T'ES GENTIL ET MOI, MÉCHANT.
T'ES PAS MÉCHANT... LA VIE NOUS A CONDUITS SUR DES CHEMINS DIFFÉRENTS... T'ES DEVENU GUERRIER, ET MOI, CUISINIER...
JE CRAINS QUE POUR LA ROUTE QUI NOUS RESTE À FAIRE, IL SOIT PLUS UTILE D'ÊTRE UN GUERRIER QU'UN CUISINIER...
TU VOIS CE QUE JE VOIS... ?
LA JUNGLE EST FINIE... ! ON EST ARRIVÉS AU BOUT... !

FFFFFSSSSSSSS
AAAAAGGGGHHHH !
VITE… ! JE ME SUIS FAIT MORDRE PAR UN SERPENT… !
J'AI TRÈS MAL…
JE VAIS ASPIRER LE VENIN…
JE LE SENS DÉJÀ CIRCULER… C'ÉTAIT UN MAMBA NOIR. LE SERPENT LE PLUS VENIMEUX…
JE ME SENS MAL… LE VENIN SE RÉPAND DANS MON CORPS…
JE VAIS COUPER LE BOUT DE MOLLET OÙ S'EST CONCENTRÉ LE POISON…
TROP TARD… LE VENIN DU MAMBA PROVOQUE UNE MORT TRÈS DOULOUREUSE… NIVEK, TU DOIS ME RENDRE UN SERVICE…
NE ME LAISSE PAS SOUFFRIR PENDANT DES HEURES… TUE-MOI…

NON, MAMAN... ! NON... ! NON, JE T'EN SUPPLIE... !
TCHACK
TCHACK
TCHACK
TU M'AS SORTI DU TROU DE LA MINE OÙ J'ÉTAIS ENTERRÉ ET TU M'AS DONNÉ UNE DEUXIÈME VIE... MAINTENANT C'EST MOI QUI T'ENTERRE... SANS VIE...
CETTE NUIT J'AI DORMI DANS TON SANG... REPOSE MAINTENANT DANS LE MIEN... POUR QU'ON SOIT FRÈRES À JAMAIS...

À CAUSE DE SON ODEUR, SA SAVEUR ET SA COULEUR, LAISSE-MOI COUPER CETTE FLEUR… C'EST UNE ÉPINE DE BUFFLE. ELLE PRÉSERVERA DE LA MALADIE…

AAAHHHEEE ! AAAHHHOOO... LAISSE-MOI COUPER CETTE FLEUR...
QU'EST-CE QUE TU FAIS, VIEIL HOMME... ? TU AS FAIT FUIR MA PROIE AVEC TA CHANSON STUPIDE...

ATTENTION, MON GARÇON… ! TU T'ADRESSES AU GRAND DELWA, LE SORCIER LE PLUS PUISSANT À L'OUEST DU LAC TCHAD… TU ME DOIS LE RESPECT…
JE POURRAIS TE JETER UN SORT ET TE TRANSFORMER EN SERPENT…
JE CUEILLE DES PLANTES MÉDICINALES… CHAQUE ESPÈCE A SA CHANSON… AVANT D'ARRACHER LA PLANTE, IL FAUT LA LUI CHANTER POUR QU'ELLE NE PERDE PAS SES PROPRIÉTÉS…
EAAHH EAAHH EAAHO… L'ÉCORCE DE BOULEAU RÉCONFORTE… MAIS L'HERBE À TIGE BLEUE EST PLUS FORTE…
QUI ES-TU, TOI… ? QUE FAIS-TU DANS CES CONTRÉES, FAGOTÉ COMME UN SAUVAGE ?
JE M'APPELLE NIVEK… JE VIENS DE LA RÉPUBLIQUE DÉMOCRATIQUE DU CONGO… JE NE SUIS NI PERDU NI SAUVAGE…
JE VAIS EN EUROPE…
EN EUROPE… ? C'EST TRÈS LOIN, ÇA… BIEN AU-DELÀ DU DÉSERT…
JE SAIS… MAIS IL N'Y A PAS D'AVENIR EN AFRIQUE… ET MOI JE VEUX UN AVENIR POUR MOI ET MES ENFANTS…
TU SERAS MON ASSISTANT… JE DOIS ALLER FAIRE UNE GUÉRISON PAS LOIN… VIENS AVEC MOI… ENSUITE, JE T'ACCOMPAGNERAI JUSQU'À L'ENTRÉE DU DÉSERT…
VOTRE ASSISTANT… ? J'Y CONNAIS RIEN EN SORCELLERIE…
TU N'AS PAS BESOIN DE T'Y CONNAÎTRE… FAIS CE QUE JE TE DIRAI ET NE PARLE PAS… SEULEMENT SI ON T'INTERROGE ET SANS JAMAIS ENTRER DANS LES DÉTAILS…
BON, BAH… EUH…
SUIS-MOI… ON VA D'ABORD AMÉLIORER TON ASPECT… TU FAIS PEUR À VOIR…
MAIS…
LAVE-TOI DANS CE MARIGOT…

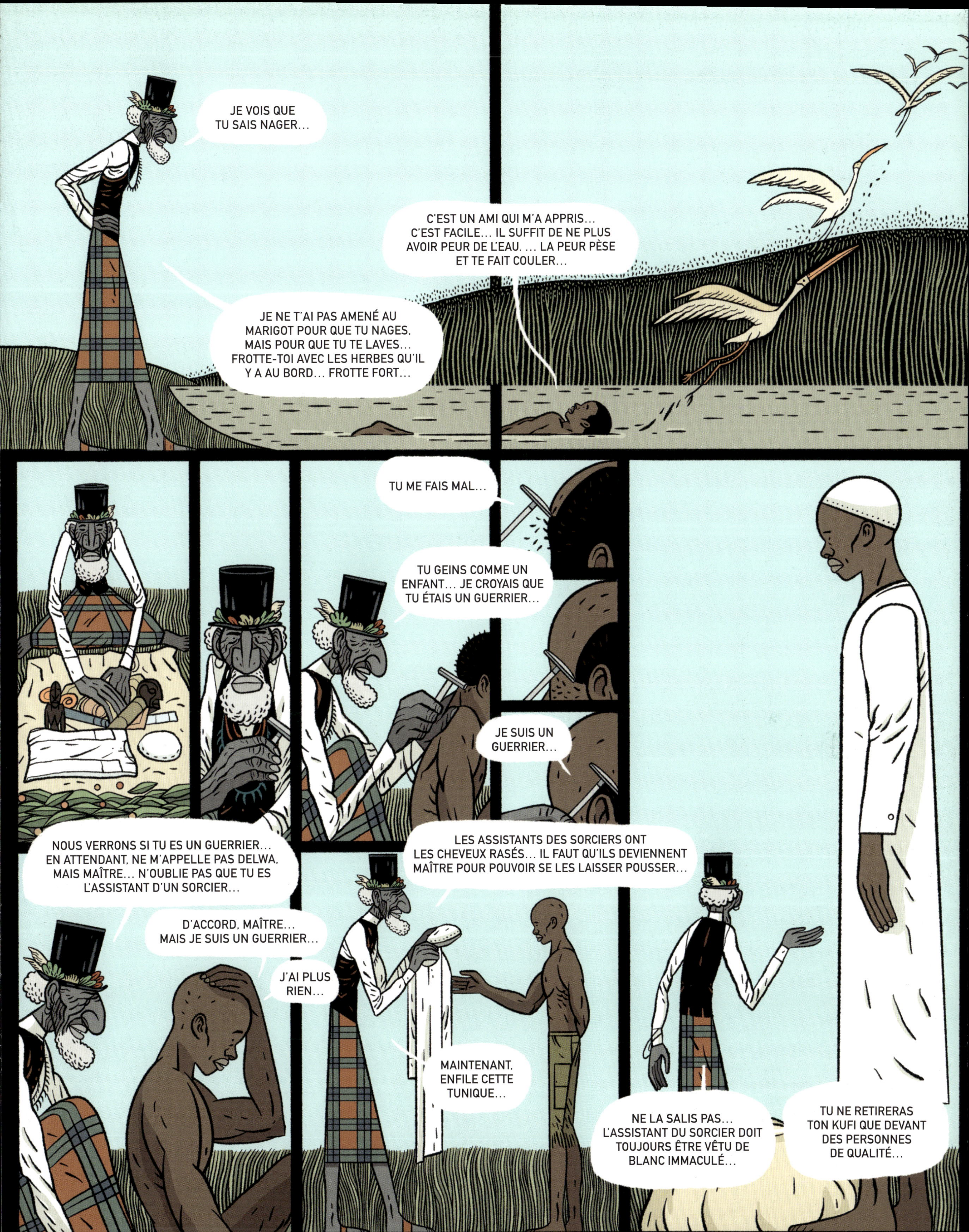
JE VOIS QUE TU SAIS NAGER...
JE NE T'AI PAS AMENÉ AU MARIGOT POUR QUE TU NAGES, MAIS POUR QUE TU TE LAVES... FROTTE-TOI AVEC LES HERBES QU'IL Y A AU BORD... FROTTE FORT...
C'EST UN AMI QUI M'A APPRIS... C'EST FACILE... IL SUFFIT DE NE PLUS AVOIR PEUR DE L'EAU. ... LA PEUR PÈSE ET TE FAIT COULER...
TU ME FAIS MAL...
TU GEINS COMME UN ENFANT... JE CROYAIS QUE TU ÉTAIS UN GUERRIER...
JE SUIS UN GUERRIER...
NOUS VERRONS SI TU ES UN GUERRIER... EN ATTENDANT, NE M'APPELLE PAS DELWA, MAIS MAÎTRE... N'OUBLIE PAS QUE TU ES L'ASSISTANT D'UN SORCIER...
D'ACCORD, MAÎTRE... MAIS JE SUIS UN GUERRIER...
J'AI PLUS RIEN...
LES ASSISTANTS DES SORCIERS ONT LES CHEVEUX RASÉS... IL FAUT QU'ILS DEVIENNENT MAÎTRE POUR POUVOIR SE LES LAISSER POUSSER...
MAINTENANT, ENFILE CETTE TUNIQUE...
NE LA SALIS PAS... L'ASSISTANT DU SORCIER DOIT TOUJOURS ÊTRE VÊTU DE BLANC IMMACULÉ...
TU NE RETIRERAS TON KUFI QUE DEVANT DES PERSONNES DE QUALITÉ...

VOYONS DANS QUELLE DIRECTION NOUS DEVONS ALLER...
PAR LÀ ! ...
MAIS C'EST UNE MONTRE...
OUI... ET ALORS... ?
UNE MONTRE INDIQUE L'HEURE, PAS LA DIRECTION... CETTE MONTRE DIT QU'IL EST MIDI CINQ... TU CONFONDS AVEC UNE BOUSSOLE, «MAÎTRE»...
QUAND TU VOYAGES, L'ESPACE N'EST QUE LE TEMPS QUE TU METS À LE PARCOURIR... ET LE TEMPS N'EST QUE DISTANCE... ALORS, MONTRE OU BOUSSOLE, C'EST PAREIL...
???
MAIS OÙ ON VA... ?
NOUS ALLONS À BABUNGO, LE ROYAUME DE ZAFOA III... AUTREFOIS JE L'AI GUÉRI D'UNE GRAVE MALADIE... À PRÉSENT IL NE VA PAS BIEN ET M'A FAIT APPELER...
JE DOIS LE GUÉRIR... JE SUIS VIEUX ET CERTAINS ONT CESSÉ DE CROIRE EN MES POUVOIRS...
OUI, JE GUÉRIRAI ZAFOA ET ON ME RESPECTERA DE NOUVEAU...
C'EST ÇA, BABUNGO... ? TRÈS BIZARRE COMME ENDROIT... LES MAISONS SONT HAUTES ET ÉTROITES... ON DIRAIT QU'ON LES A ÉTIRÉES...
LA HAUTEUR EST TRÈS IMPORTANTE, À BABUNGO... CE QUI EST BON EST EN HAUT... TU CONNAIS LE DICTON : PLUS LOIN DU SOL, PLUS PRÈS DU CIEL...

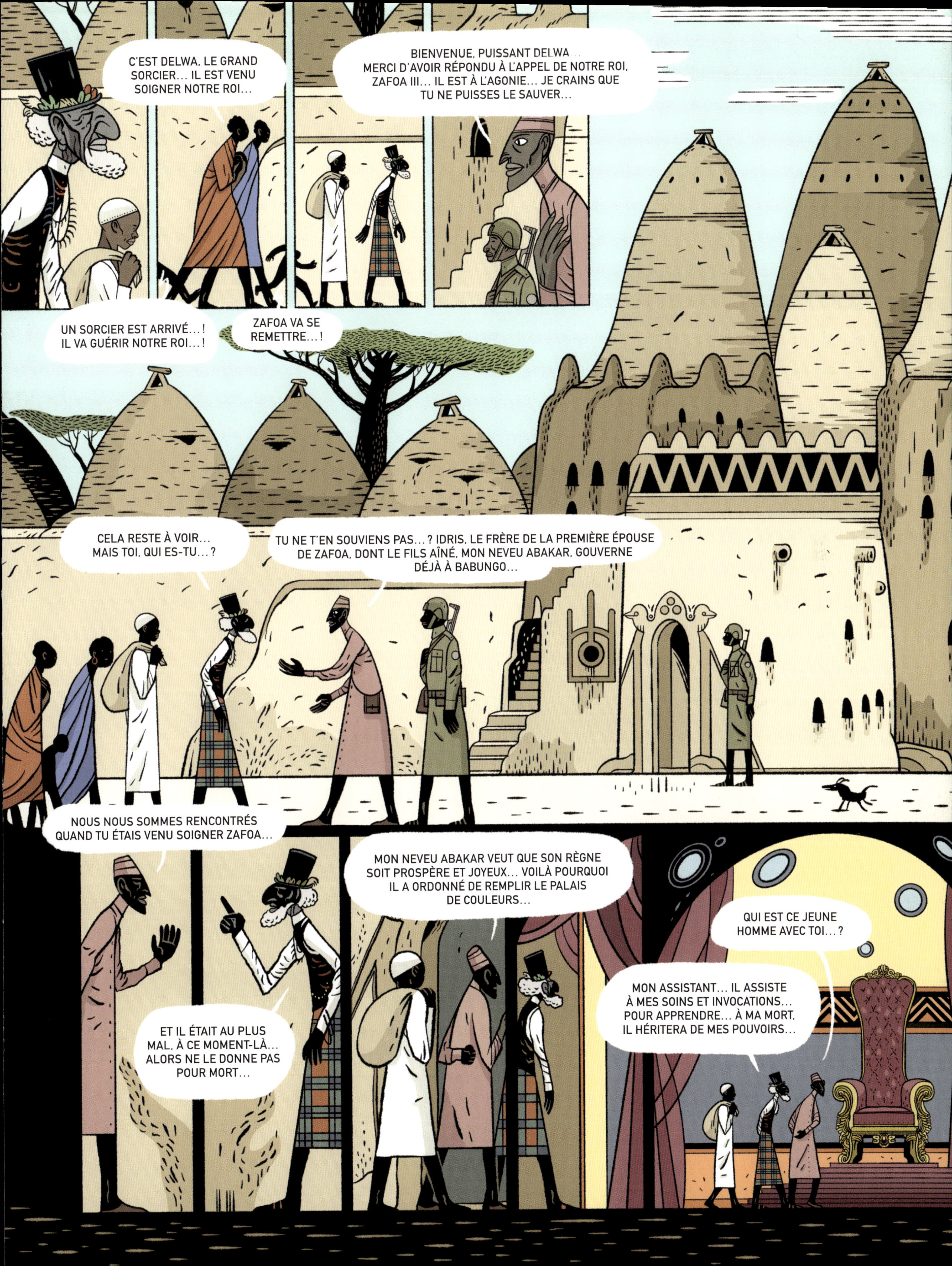
C'EST DELWA, LE GRAND SORCIER... IL EST VENU SOIGNER NOTRE ROI...
BIENVENUE, PUISSANT DELWA... MERCI D'AVOIR RÉPONDU À L'APPEL DE NOTRE ROI, ZAFOA III... IL EST À L'AGONIE... JE CRAINS QUE TU NE PUISSES LE SAUVER...
UN SORCIER EST ARRIVÉ... ! IL VA GUÉRIR NOTRE ROI... !
ZAFOA VA SE REMETTRE... !
CELA RESTE À VOIR... MAIS TOI, QUI ES-TU... ?
TU NE T'EN SOUVIENS PAS... ? IDRIS, LE FRÈRE DE LA PREMIÈRE ÉPOUSE DE ZAFOA, DONT LE FILS AÎNÉ, MON NEVEU ABAKAR, GOUVERNE DÉJÀ À BABUNGO...
NOUS NOUS SOMMES RENCONTRÉS QUAND TU ÉTAIS VENU SOIGNER ZAFOA...
ET IL ÉTAIT AU PLUS MAL, À CE MOMENT-LÀ... ALORS NE LE DONNE PAS POUR MORT...
MON NEVEU ABAKAR VEUT QUE SON RÈGNE SOIT PROSPÈRE ET JOYEUX... VOILÀ POURQUOI IL A ORDONNÉ DE REMPLIR LE PALAIS DE COULEURS...
QUI EST CE JEUNE HOMME AVEC TOI... ?
MON ASSISTANT... IL ASSISTE À MES SOINS ET INVOCATIONS... POUR APPRENDRE... À MA MORT, IL HÉRITERA DE MES POUVOIRS...

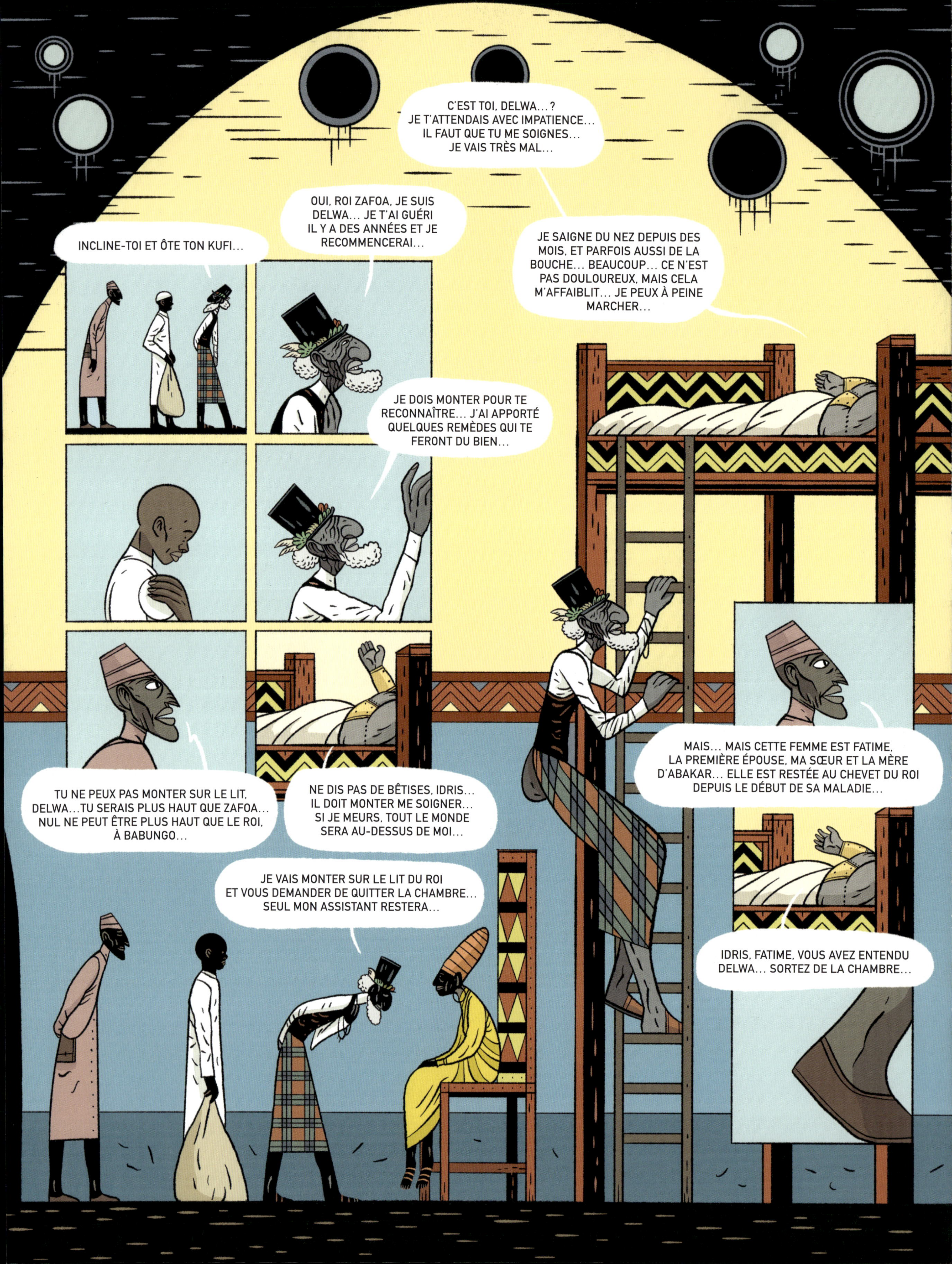
INCLINE-TOI ET ÔTE TON KUFI…
OUI, ROI ZAFOA, JE SUIS DELWA… JE T'AI GUÉRI IL Y A DES ANNÉES ET JE RECOMMENCERAI…
JE DOIS MONTER POUR TE RECONNAÎTRE… J'AI APPORTÉ QUELQUES REMÈDES QUI TE FERONT DU BIEN…
TU NE PEUX PAS MONTER SUR LE LIT, DELWA…TU SERAIS PLUS HAUT QUE ZAFOA… NUL NE PEUT ÊTRE PLUS HAUT QUE LE ROI, À BABUNGO…
NE DIS PAS DE BÊTISES, IDRIS… IL DOIT MONTER ME SOIGNER… SI JE MEURS, TOUT LE MONDE SERA AU-DESSUS DE MOI…
JE VAIS MONTER SUR LE LIT DU ROI ET VOUS DEMANDER DE QUITTER LA CHAMBRE… SEUL MON ASSISTANT RESTERA…
C'EST TOI, DELWA… ? JE T'ATTENDAIS AVEC IMPATIENCE… IL FAUT QUE TU ME SOIGNES… JE VAIS TRÈS MAL…
JE SAIGNE DU NEZ DEPUIS DES MOIS, ET PARFOIS AUSSI DE LA BOUCHE… BEAUCOUP… CE N'EST PAS DOULOUREUX, MAIS CELA M'AFFAIBLIT… JE PEUX À PEINE MARCHER…
MAIS… MAIS CETTE FEMME EST FATIME, LA PREMIÈRE ÉPOUSE, MA SŒUR ET LA MÈRE D'ABAKAR… ELLE EST RESTÉE AU CHEVET DU ROI DEPUIS LE DÉBUT DE SA MALADIE…
IDRIS, FATIME, VOUS AVEZ ENTENDU DELWA… SORTEZ DE LA CHAMBRE…

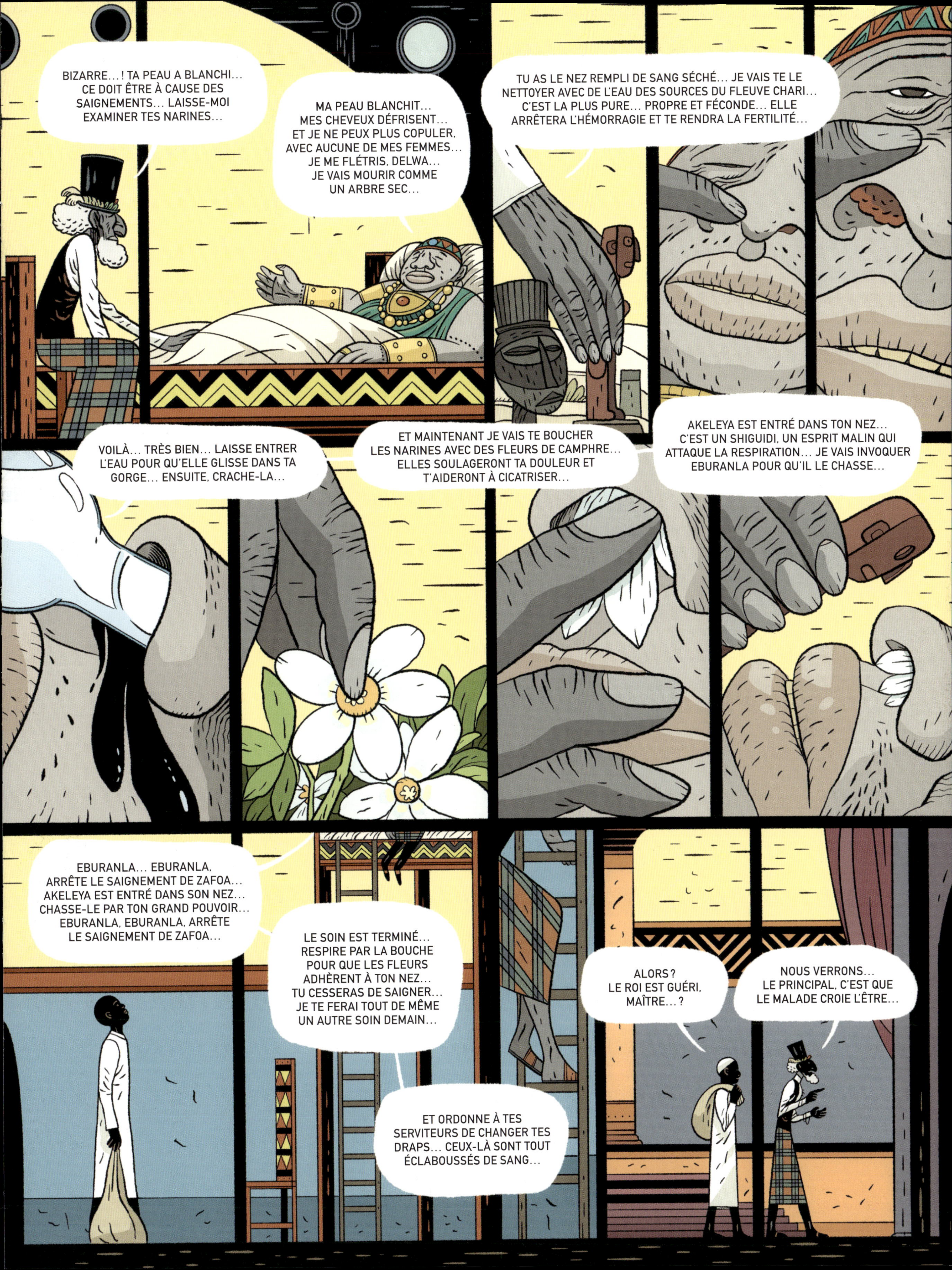
BIZARRE... ! TA PEAU A BLANCHI... CE DOIT ÊTRE À CAUSE DES SAIGNEMENTS... LAISSE-MOI EXAMINER TES NARINES...
MA PEAU BLANCHIT... MES CHEVEUX DÉFRISENT... ET JE NE PEUX PLUS COPULER, AVEC AUCUNE DE MES FEMMES... JE ME FLÉTRIS, DELWA... JE VAIS MOURIR COMME UN ARBRE SEC...
TU AS LE NEZ REMPLI DE SANG SÉCHÉ... JE VAIS TE LE NETTOYER AVEC DE L'EAU DES SOURCES DU FLEUVE CHARI... C'EST LA PLUS PURE... PROPRE ET FÉCONDE... ELLE ARRÊTERA L'HÉMORRAGIE ET TE RENDRA LA FERTILITÉ...
VOILÀ... TRÈS BIEN... LAISSE ENTRER L'EAU POUR QU'ELLE GLISSE DANS TA GORGE... ENSUITE, CRACHE-LA...
ET MAINTENANT JE VAIS TE BOUCHER LES NARINES AVEC DES FLEURS DE CAMPHRE... ELLES SOULAGERONT TA DOULEUR ET T'AIDERONT À CICATRISER...
AKELEYA EST ENTRÉ DANS TON NEZ... C'EST UN SHIGUIDI, UN ESPRIT MALIN QUI ATTAQUE LA RESPIRATION... JE VAIS INVOQUER EBURANLA POUR QU'IL LE CHASSE...
EBURANLA... EBURANLA, ARRÊTE LE SAIGNEMENT DE ZAFOA... AKELEYA EST ENTRÉ DANS SON NEZ... CHASSE-LE PAR TON GRAND POUVOIR... EBURANLA, EBURANLA, ARRÊTE LE SAIGNEMENT DE ZAFOA...
LE SOIN EST TERMINÉ... RESPIRE PAR LA BOUCHE POUR QUE LES FLEURS ADHÈRENT À TON NEZ... TU CESSERAS DE SAIGNER... JE TE FERAI TOUT DE MÊME UN AUTRE SOIN DEMAIN...
ET ORDONNE À TES SERVITEURS DE CHANGER TES DRAPS... CEUX-LÀ SONT TOUT ÉCLABOUSSÉS DE SANG...
ALORS ? LE ROI EST GUÉRI, MAÎTRE... ?
NOUS VERRONS... LE PRINCIPAL, C'EST QUE LE MALADE CROIE L'ÊTRE...

TU AS CHASSÉ MA MÈRE ET MON ONCLE DU PALAIS… POUR QUI TE PRENDS-TU… ?
JE SUIS DELWA, LE SORCIER LE PLUS PUISSANT À L'OUEST DU LAC TCHAD… MAIS CE N'EST PAS MOI QUI AI CHASSÉ TA MÈRE ET TON ONCLE, C'EST LE ROI… QUI ES-TU POUR CONTREDIRE SES ORDRES… ?
JE SUIS ABAKAR, FILS AÎNÉ DE ZAFOA ET FUTUR ROI DE BABUNGO… ET LES SORCIERS NE M'IMPRESSIONNENT PAS… J'EN AI MATÉ PLUS D'UN…
JE SUIS LE FILS AÎNÉ DE SA PREMIÈRE ÉPOUSE… JE SERAI ROI…
J'AI L'IMPRESSION QUE TU ES TRÈS PRESSÉ D'ÊTRE ROI… QUE JE SACHE, ZAFOA NE T'A PAS ENCORE DÉSIGNÉ POUR LUI SUCCÉDER…
ABAKAR, ABAKAR… TU SAIS BIEN QUE L'ON N'ACCÈDE PAS AU TRÔNE DE BABUNGO PAR DROIT D'AÎNESSE, MAIS PAR LA VOLONTÉ DU MONARQUE RÉGNANT… ZAFOA ÉTAIT LUI-MÊME LE TROISIÈME FILS DU ROI PRÉCÉDENT… MAIS DIS-MOI, ABAKAR… QUELS SORCIERS AS-TU MATÉS… ?
QU'EST DEVENU KEMASS, LE SORCIER DE BABUNGO… ?
KEMASS… ! HA HA HA HA… DEMANDE-LE-LUI… TU ES AU-DESSUS DE LUI… MAIS JE NE PENSE PAS QU'IL TE RÉPONDRA… HA HA HA HA…
????… OÙ EST-IL… ?
QUAND MON PÈRE A COMMENCÉ À SAIGNER, KEMASS A PRÉTENDU QUE C'ÉTAIT À CAUSE DU MAL DES HAUTEURS ET QU'IL DEVAIT SE DÉPLACER EN FOULANT LE SOL…
AUCUN ROI DE BABUNGO N'A JAMAIS FOULÉ LE SOL… !
J'AI CONVAINCU MON PÈRE DE L'ENTERRER VIVANT… IL EST LÀ, À UN MÈTRE SOUS TERRE… IL RESPIRE À TRAVERS UN ROSEAU QUI VA JUSQU'À SON NEZ… ET NOUS LE NOURRISSONS À TRAVERS UN AUTRE ROSEAU QUI VA DANS SA BOUCHE…
IL EST ENCORE EN VIE, MAIS IL NE TARDERA PAS À MOURIR… IL MOURRA SOUS TERRE, SALI ET HUMILIÉ… TOUS CEUX QUI ENTRENT DANS LE PALAIS FOULENT SON CORPS… TU ES D'AILLEURS DEBOUT AU-DESSUS DE LUI… HA HA HA…
TU ES INHUMAIN, ABAKAR… KEMASS N'ÉTAIT PAS UN BON SORCIER, MAIS IL NE MÉRITE PAS DE MOURIR AINSI… TU SERAS UN MAUVAIS ROI…

LA JEUNESSE EST INSOLENTE... ET SI EN PLUS ELLE A DU POUVOIR, ELLE AGIT AVEC CRUAUTÉ...
EH, VIEUX DELWA... ! ÇA FAISAIT UN BAIL... ! TU TE SOUVIENS DE MOI... ?
MON AMI SALEH... ! COMMENT T'OUBLIER... ! JE ME RÉJOUIS DE TE VOIR EN BONNE SANTÉ...
JE SUPPOSE QUE TU ES VENU POUR LA MALADIE DE ZAFOA... COMMENT VA-T-IL... ? VOILÀ DES SEMAINES QU'IL NE S'EST PAS MONTRÉ EN PUBLIC... CERTAINS DISENT QU'IL EST MORT... D'AUTRES, QU'ABAKAR L'A SÉQUESTRÉ...
ZAFOA EST MALADE... MAIS JE LE GUÉRIRAI...
JE PEUX TE PARLER... ?
JE M'APPELLE ADOUM ET JE SUIS LE FILS DE ZAFOA ET DE ZENABA ; LA FEMME PRÉFÉRÉE DE MON PÈRE...
TU PEUX ME SUIVRE ?
TU ES L'ASSISTANT DU SORCIER ET TU CONNAIS SES SECRETS... DIS-MOI COMMENT VA ZAFOA... NOUS SOMMES TRÈS INQUIETS...
L'ASSISTANT NE DÉVOILE PAS LES SECRETS DE SON MAÎTRE... JE PEUX SIMPLEMENT TE DIRE QUE DELWA GUÉRIRA LE ROI... C'EST LE SORCIER LE PLUS PUISSANT À L'OUEST DU LAC TCHAD...

MA MÈRE PENSE QU'ABAKAR L'EMPOISONNE... IL A HÂTE D'ACCÉDER AU TRÔNE... IL L'EMPÊCHE DE SORTIR DU PALAIS ET DE VOIR QUI QUE CE SOIT... POUR QU'IL NE PUISSE PAS DÉSIGNER SON SUCCESSEUR...
C'EST FATIME, LA MÈRE D'ABAKAR, QUI A TOUT MANIGANCÉ... ELLE EST TRÈS AMBITIEUSE... C'EST CE QUE DIT MA MÈRE...
RACONTE-LE À DELWA... IL LUI SERA AINSI PLUS FACILE DE TROUVER LE REMÈDE POUR SAUVER MON PÈRE... JE NE VEUX PAS QU'IL MEURE...
NI QU'ABAKAR RÈGNE... IL TUERAIT MA MÈRE... ET IL NOUS TUERAIT SANS DOUTE, MOI ET MES FRÈRES, POUR ASSEOIR SON POUVOIR...
PUISSENT TES MOTS SE RÉALISER... NOUS SOMMES ICI DANS UN LIEU SACRÉ... LES MONTAGNES DES MORTS... NOS ANCÊTRES SONT ENTERRÉS EN HAUT DE CES PICS, PRÈS DU CIEL...
JE NE SAIS PAS SI JE DOIS TE CROIRE, ADOUM... MAIS JE TE GARANTIS QUE LES REMÈDES DE MON MAÎTRE SONT PLUS PUISSANTS QUE LE POISON D'ABAKAR...
DANS LES MONTAGNES DES MORTS NOUS DEVONS TOUS DIRE LA VÉRITÉ... ET AUSSI GARDER LES SECRETS... ALORS NE RACONTE À PERSONNE CE QUE JE T'AI DIT...

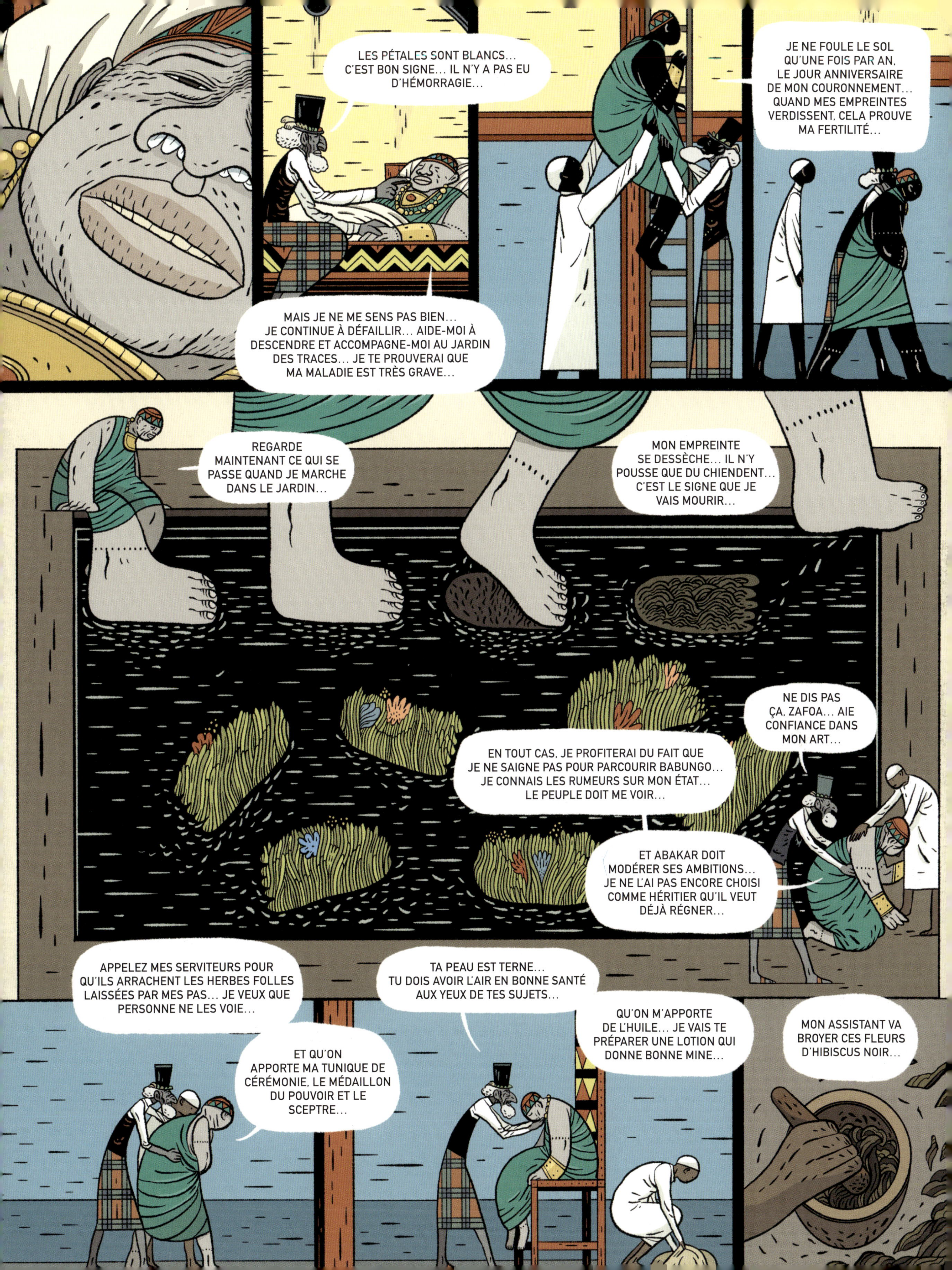
LES PÉTALES SONT BLANCS… C'EST BON SIGNE… IL N'Y A PAS EU D'HÉMORRAGIE…
MAIS JE NE ME SENS PAS BIEN… JE CONTINUE À DÉFAILLIR… AIDE-MOI À DESCENDRE ET ACCOMPAGNE-MOI AU JARDIN DES TRACES… JE TE PROUVERAI QUE MA MALADIE EST TRÈS GRAVE…
JE NE FOULE LE SOL QU'UNE FOIS PAR AN, LE JOUR ANNIVERSAIRE DE MON COURONNEMENT… QUAND MES EMPREINTES VERDISSENT, CELA PROUVE MA FERTILITÉ…
REGARDE MAINTENANT CE QUI SE PASSE QUAND JE MARCHE DANS LE JARDIN…
MON EMPREINTE SE DESSÈCHE… IL N'Y POUSSE QUE DU CHIENDENT… C'EST LE SIGNE QUE JE VAIS MOURIR…
NE DIS PAS ÇA, ZAFOA… AIE CONFIANCE DANS MON ART…
EN TOUT CAS, JE PROFITERAI DU FAIT QUE JE NE SAIGNE PAS POUR PARCOURIR BABUNGO… JE CONNAIS LES RUMEURS SUR MON ÉTAT… LE PEUPLE DOIT ME VOIR…
ET ABAKAR DOIT MODÉRER SES AMBITIONS… JE NE L'AI PAS ENCORE CHOISI COMME HÉRITIER QU'IL VEUT DÉJÀ RÉGNER…
APPELEZ MES SERVITEURS POUR QU'ILS ARRACHENT LES HERBES FOLLES LAISSÉES PAR MES PAS… JE VEUX QUE PERSONNE NE LES VOIE…
ET QU'ON APPORTE MA TUNIQUE DE CÉRÉMONIE, LE MÉDAILLON DU POUVOIR ET LE SCEPTRE…
TA PEAU EST TERNE… TU DOIS AVOIR L'AIR EN BONNE SANTÉ AUX YEUX DE TES SUJETS…
QU'ON M'APPORTE DE L'HUILE… JE VAIS TE PRÉPARER UNE LOTION QUI DONNE BONNE MINE…
MON ASSISTANT VA BROYER CES FLEURS D'HIBISCUS NOIR…

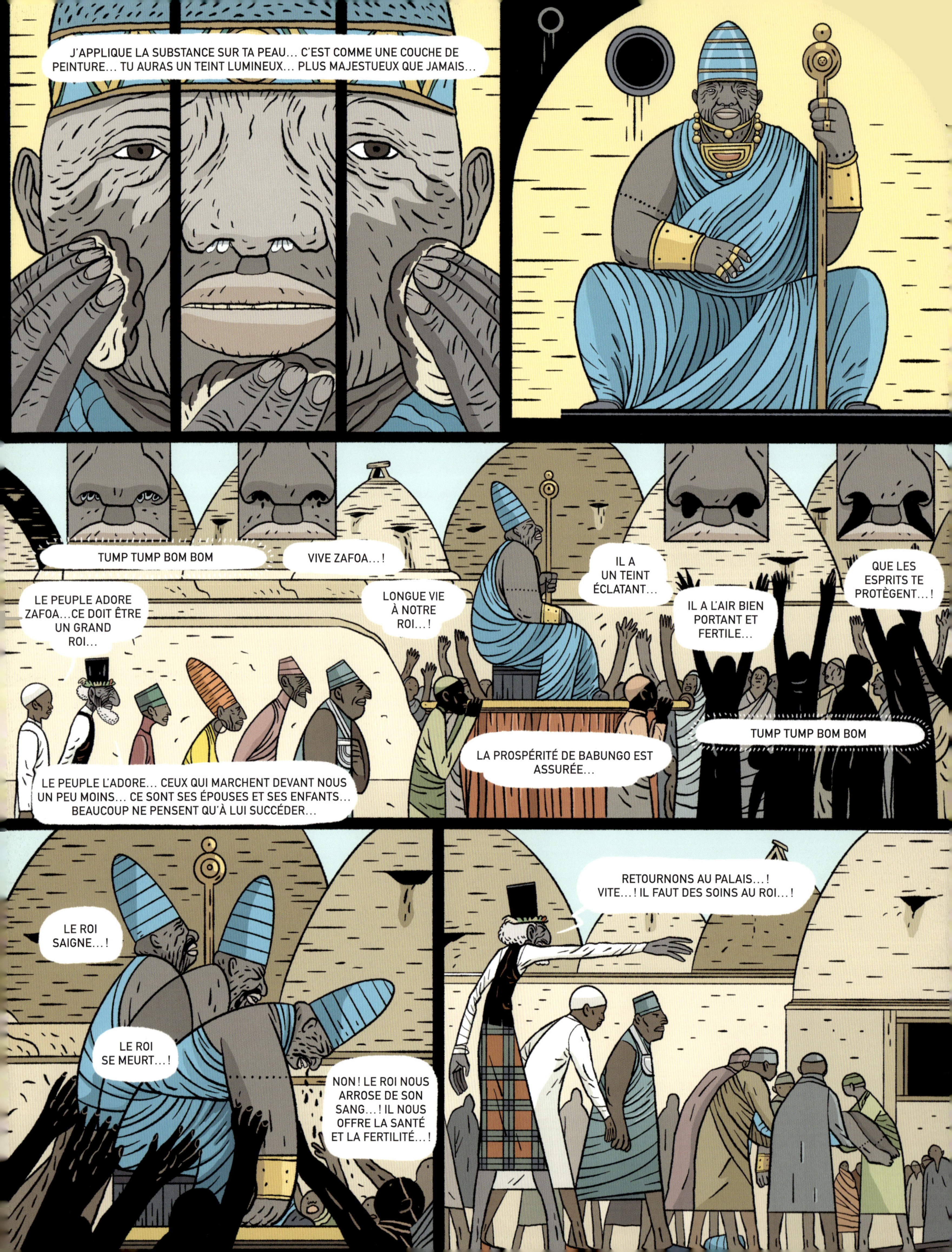
J'APPLIQUE LA SUBSTANCE SUR TA PEAU... C'EST COMME UNE COUCHE DE PEINTURE... TU AURAS UN TEINT LUMINEUX... PLUS MAJESTUEUX QUE JAMAIS...
TUMP TUMP BOM BOM
VIVE ZAFOA...!
LE PEUPLE ADORE ZAFOA...CE DOIT ÊTRE UN GRAND ROI...
LONGUE VIE À NOTRE ROI...!
IL A UN TEINT ÉCLATANT...
IL A L'AIR BIEN PORTANT ET FERTILE...
QUE LES ESPRITS TE PROTÈGENT...!
TUMP TUMP BOM BOM
LA PROSPÉRITÉ DE BABUNGO EST ASSURÉE...
LE PEUPLE L'ADORE... CEUX QUI MARCHENT DEVANT NOUS UN PEU MOINS... CE SONT SES ÉPOUSES ET SES ENFANTS... BEAUCOUP NE PENSENT QU'À LUI SUCCÉDER...
LE ROI SAIGNE...!
LE ROI SE MEURT...!
NON! LE ROI NOUS ARROSE DE SON SANG...! IL NOUS OFFRE LA SANTÉ ET LA FERTILITÉ...!
RETOURNONS AU PALAIS...! VITE...! IL FAUT DES SOINS AU ROI...!

NON, NE LE MONTEZ PAS SUR LE LIT... ALLONGEZ-LE PAR TERRE AVEC LA TÊTE EN ARRIÈRE POUR QU'IL CESSE DE SAIGNER...
NON, PAS PAR TERRE... LE ROI DE BABUNGO NE DOIT PAS TOUCHER LE SOL...
ALORS PLACEZ UNE PLANCHE SUR LE SOL ET ÉTENDEZ-LE DESSUS...
SORTEZ TOUS...! SEULS LES ENFANTS DE ZAFOA SONT AUTORISÉS À RESTER...! CE SONT SES DERNIÈRES HEURES DE VIE...!
LE CONSEIL DES SAGES DOIT AUSSI ÊTRE PRÉSENT... POUR L'ASSISTER DANS LA MORT ET S'ASSURER QU'IL DÉSIGNE UN HÉRITIER...
JE SUIS DESSÉCHÉ... JE VAIS MOURIR...
GRAND ESPRIT D'EBURANLA, N'EMPORTE PAS ZAFOA...
NOTRE PÈRE, LE GRAND ZAFOA III EST MORT... IL N'A PAS DÉSIGNÉ D'HÉRITIER ET JE SUIS L'AÎNÉ... DORÉNAVANT J'ASSUME LA FONCTION ROYALE...
NON...! CE N'EST PAS VRAI...! ZAFOA N'EST PAS MORT...!
PÈRE...! PÈRE, REVIENS...! N'ABANDONNE PAS LE PEUPLE BABUNGO...! NE M'ABANDONNE PAS...!
PÈRE, REVIENS...! REVIENS...!
C'EST INUTILE, ADOUM... ZAFOA EST MORT... TU DOIS L'ACCEPTER... NOUS DEVONS TOUS L'ACCEPTER...
CCCHHHSSSTTT
ZAFOA A SAIGNÉ UNE FOIS MORT... ET IL A SAIGNÉ SUR ADOUM...
GRAND PRODIGE...!
IL L'A DÉSIGNÉ PAR SON SANG... IL A MANIFESTÉ SA VOLONTÉ...

NE DIS PAS DE BÊTISES… IL A EXPULSÉ LE SANG QUI RESTAIT DANS SON CORPS ET IL EN A ÉCLABOUSSÉ ADOUM, MAIS CELA NE SIGNIFIE PAS QU'IL L'AIT CHOISI… ZAFOA ÉTAIT DÉJÀ MORT…
NOTRE PÈRE VEUT QU'ADOUM LUI SUCCÈDE SUR LE TRÔNE…
UNE CHOSE EST CLAIRE… LES SOINS DE DELWA ONT ÉCHOUÉ… EN TANT QUE ROI DE BABUNGO, J'ORDONNE QU'IL SOIT EXÉCUTÉ AINSI QUE SON ASSISTANT…
ABAKAR, TU NE PEUX PAS IGNORER CE QUE NOUS AVONS TOUS VU… ZAFOA EST REVENU À LA VIE POUR COUVRIR DE SANG CELUI QUI ÉTAIT DÉJÀ LE SANG DE SON SANG… ADOUM EST LE FILS DÉSIGNÉ POUR LUI SUCCÉDER…
SANS COMPTER QUE C'ÉTAIT SON FILS PRÉFÉRÉ…
DE TOUTE MA VIE DE SORCIER JE N'AVAIS VU UN TEL PHÉNOMÈNE… PERSONNE NE SAIGNE APRÈS SA MORT… ZAFOA L'A FAIT… LA SEULE EXPLICATION, C'EST QU'IL VOULAIT NOUS TRANSMETTRE UN MESSAGE…
OUI, ADOUM EST L'ÉLU… IL SERA NOTRE ROI…
IL VAUT MIEUX QU'ADOUM RÈGNE… AVEC ABAKAR, NOUS NE CONNAÎTRONS QUE TYRANNIE ET INJUSTICE…
NOUS AVONS ÉCHAPPÉ À UN ROI TYRANNIQUE… TOI ET TON ASSISTANT, À UNE MORT CERTAINE… DONC, CELA NE S'EST PAS SI MAL TERMINÉ… HA HA HA
MAIS ZAFOA EST MORT… ET J'ÉTAIS VENU LE GUÉRIR…
HONNEUR ET GLOIRE À TOI, ADOUM… DÉSORMAIS TU ES NOTRE ROI… GOUVERNE AVEC JUSTICE COMME L'A FAIT TON PÈRE…
HONNEUR ET GLOIRE À ADOUM… NOUS PRÉFÉRONS TON RÈGNE À CELUI D'ABAKAR… NOUS, TES FRÈRES, TE PRÊTONS ALLÉGEANCE…
ZAFOA VIENT DE MOURIR, POUR L'INSTANT JE NE PEUX RESSENTIR QUE DOULEUR… PLEURONS D'ABORD LE ROI MORT…
JE DÉCLARE UNE SEMAINE DE DEUIL… NOUS NE POURRONS CÉLÉBRER LE COURONNEMENT QU'APRÈS…

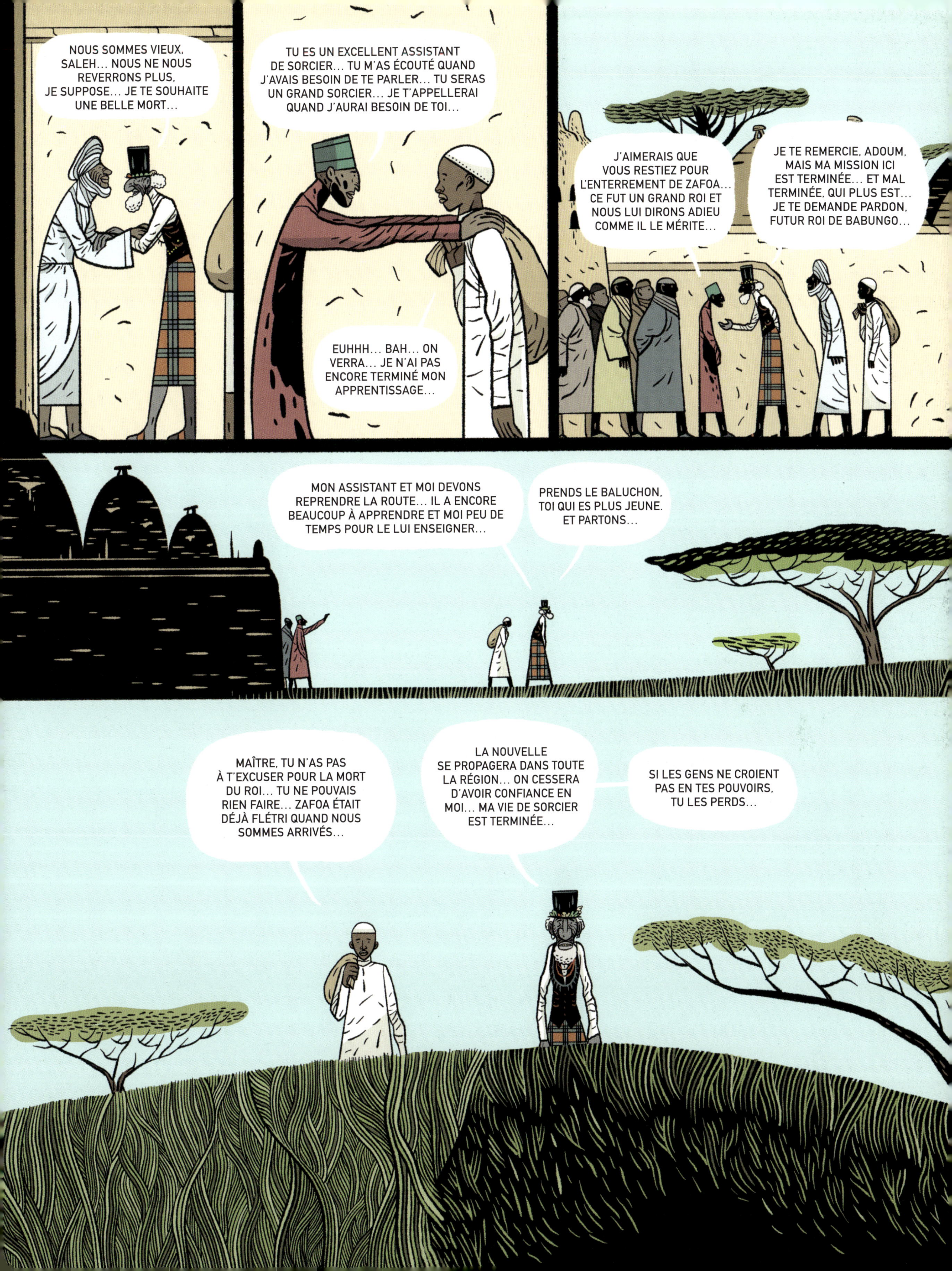
NOUS SOMMES VIEUX, SALEH… NOUS NE NOUS REVERRONS PLUS, JE SUPPOSE… JE TE SOUHAITE UNE BELLE MORT…
TU ES UN EXCELLENT ASSISTANT DE SORCIER… TU M'AS ÉCOUTÉ QUAND J'AVAIS BESOIN DE TE PARLER… TU SERAS UN GRAND SORCIER… JE T'APPELLERAI QUAND J'AURAI BESOIN DE TOI…
EUHHH… BAH… ON VERRA… JE N'AI PAS ENCORE TERMINÉ MON APPRENTISSAGE…
J'AIMERAIS QUE VOUS RESTIEZ POUR L'ENTERREMENT DE ZAFOA… CE FUT UN GRAND ROI ET NOUS LUI DIRONS ADIEU COMME IL LE MÉRITE…
JE TE REMERCIE, ADOUM, MAIS MA MISSION ICI EST TERMINÉE… ET MAL TERMINÉE, QUI PLUS EST… JE TE DEMANDE PARDON, FUTUR ROI DE BABUNGO…
MON ASSISTANT ET MOI DEVONS REPRENDRE LA ROUTE… IL A ENCORE BEAUCOUP À APPRENDRE ET MOI PEU DE TEMPS POUR LE LUI ENSEIGNER…
PRENDS LE BALUCHON, TOI QUI ES PLUS JEUNE. ET PARTONS…
MAÎTRE, TU N'AS PAS À T'EXCUSER POUR LA MORT DU ROI… TU NE POUVAIS RIEN FAIRE… ZAFOA ÉTAIT DÉJÀ FLÉTRI QUAND NOUS SOMMES ARRIVÉS…
LA NOUVELLE SE PROPAGERA DANS TOUTE LA RÉGION… ON CESSERA D'AVOIR CONFIANCE EN MOI… MA VIE DE SORCIER EST TERMINÉE…
SI LES GENS NE CROIENT PAS EN TES POUVOIRS, TU LES PERDS…

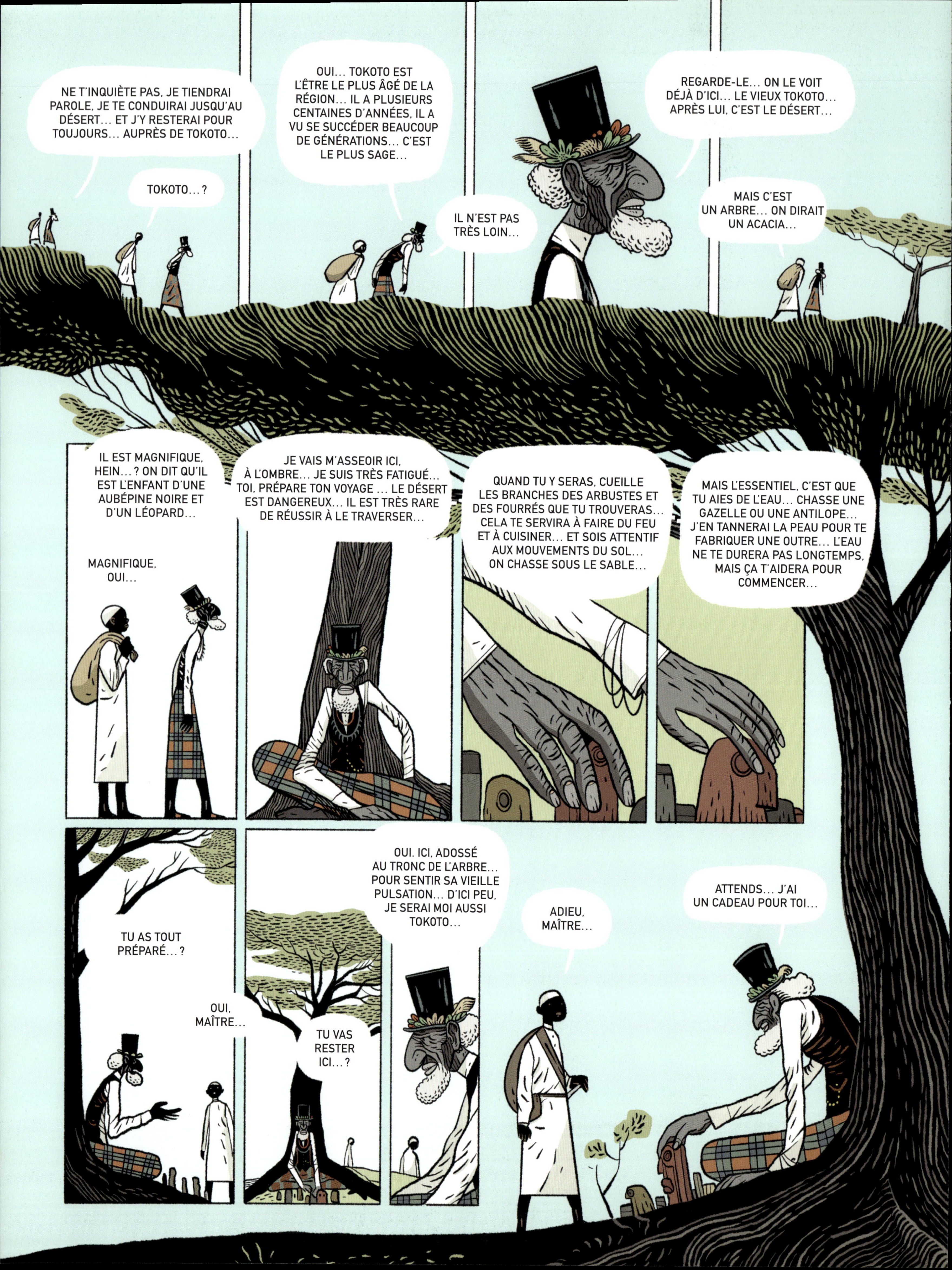
NE T'INQUIÈTE PAS, JE TIENDRAI PAROLE, JE TE CONDUIRAI JUSQU'AU DÉSERT… ET J'Y RESTERAI POUR TOUJOURS… AUPRÈS DE TOKOTO…
TOKOTO… ?
OUI… TOKOTO EST L'ÊTRE LE PLUS ÂGÉ DE LA RÉGION… IL A PLUSIEURS CENTAINES D'ANNÉES, IL A VU SE SUCCÉDER BEAUCOUP DE GÉNÉRATIONS… C'EST LE PLUS SAGE…
IL N'EST PAS TRÈS LOIN…
REGARDE-LE… ON LE VOIT DÉJÀ D'ICI… LE VIEUX TOKOTO… APRÈS LUI, C'EST LE DÉSERT…
MAIS C'EST UN ARBRE… ON DIRAIT UN ACACIA…
IL EST MAGNIFIQUE, HEIN… ? ON DIT QU'IL EST L'ENFANT D'UNE AUBÉPINE NOIRE ET D'UN LÉOPARD…
MAGNIFIQUE, OUI…
JE VAIS M'ASSEOIR ICI, À L'OMBRE… JE SUIS TRÈS FATIGUÉ… TOI, PRÉPARE TON VOYAGE … LE DÉSERT EST DANGEREUX… IL EST TRÈS RARE DE RÉUSSIR À LE TRAVERSER…
QUAND TU Y SERAS, CUEILLE LES BRANCHES DES ARBUSTES ET DES FOURRÉS QUE TU TROUVERAS… CELA TE SERVIRA À FAIRE DU FEU ET À CUISINER… ET SOIS ATTENTIF AUX MOUVEMENTS DU SOL… ON CHASSE SOUS LE SABLE…
MAIS L'ESSENTIEL, C'EST QUE TU AIES DE L'EAU… CHASSE UNE GAZELLE OU UNE ANTILOPE… J'EN TANNERAI LA PEAU POUR TE FABRIQUER UNE OUTRE… L'EAU NE TE DURERA PAS LONGTEMPS, MAIS ÇA T'AIDERA POUR COMMENCER…
TU AS TOUT PRÉPARÉ… ?
OUI, MAÎTRE…
TU VAS RESTER ICI… ?
OUI. ICI, ADOSSÉ AU TRONC DE L'ARBRE… POUR SENTIR SA VIEILLE PULSATION… D'ICI PEU, JE SERAI MOI AUSSI TOKOTO…
ADIEU, MAÎTRE…
ATTENDS… J'AI UN CADEAU POUR TOI…

TIENS... ELLE TE SERVIRA PENDANT LE VOYAGE... ET MOI JE N'EN AI PLUS BESOIN...
MERCI...

LE DÉSERT

FFFSSSSS... FFFFSSSS...
MMMMMHHHHHH
MAMAN...! NON, MAMAN...! NON...! NON, MAMAN...!
MAMAN...

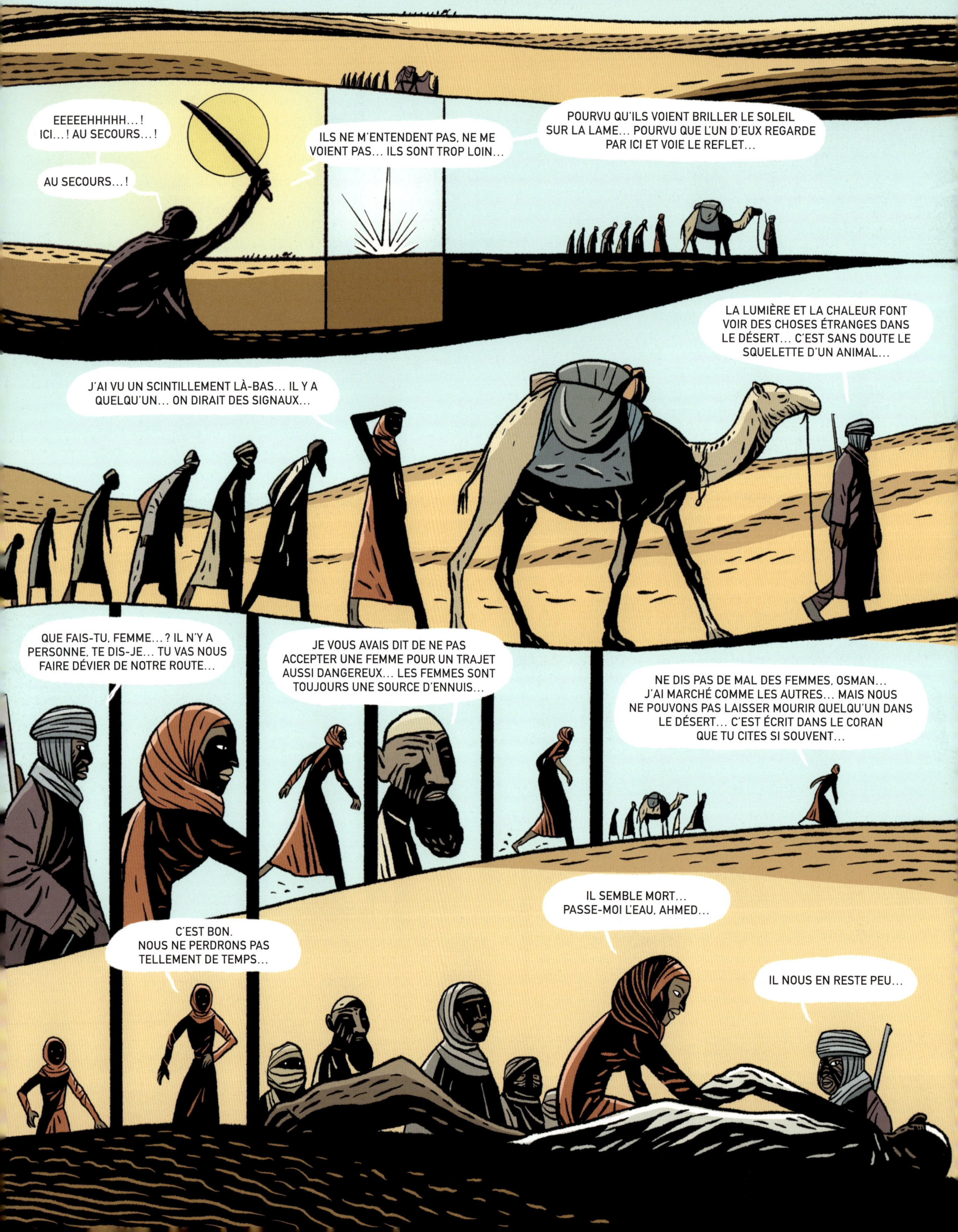
EEEEEHHHHH…! ICI…! AU SECOURS…!
AU SECOURS…!
ILS NE M'ENTENDENT PAS, NE ME VOIENT PAS… ILS SONT TROP LOIN…
POURVU QU'ILS VOIENT BRILLER LE SOLEIL SUR LA LAME… POURVU QUE L'UN D'EUX REGARDE PAR ICI ET VOIE LE REFLET…
J'AI VU UN SCINTILLEMENT LÀ-BAS… IL Y A QUELQU'UN… ON DIRAIT DES SIGNAUX…
LA LUMIÈRE ET LA CHALEUR FONT VOIR DES CHOSES ÉTRANGES DANS LE DÉSERT… C'EST SANS DOUTE LE SQUELETTE D'UN ANIMAL…
QUE FAIS-TU, FEMME…? IL N'Y A PERSONNE, TE DIS-JE… TU VAS NOUS FAIRE DÉVIER DE NOTRE ROUTE…
JE VOUS AVAIS DIT DE NE PAS ACCEPTER UNE FEMME POUR UN TRAJET AUSSI DANGEREUX… LES FEMMES SONT TOUJOURS UNE SOURCE D'ENNUIS…
NE DIS PAS DE MAL DES FEMMES, OSMAN… J'AI MARCHÉ COMME LES AUTRES… MAIS NOUS NE POUVONS PAS LAISSER MOURIR QUELQU'UN DANS LE DÉSERT… C'EST ÉCRIT DANS LE CORAN QUE TU CITES SI SOUVENT…
C'EST BON. NOUS NE PERDRONS PAS TELLEMENT DE TEMPS…
IL SEMBLE MORT… PASSE-MOI L'EAU, AHMED…
IL NOUS EN RESTE PEU…

IL EST MORT… IL VOYAGEAIT SEUL ET SANS PROVISIONS… JE ME DEMANDE COMMENT IL EST ARRIVÉ JUSQU'ICI…
NOTRE MORT RESSUSCITE…
EEEEEEHHHH…! IL BOIT NOTRE RESTE D'EAU…!
IL EST DÉSHYDRATÉ ET BRÛLÉ PAR LE SOLEIL… LAISSE-LE SE DÉSALTÉRER…
JE M'APPELLE NIVEK… JE VIENS DE LA RÉPUBLIQUE DÉMOCRATIQUE DU CONGO ET JE VAIS EN EUROPE…
NOUS AUSSI, ON VA EN EUROPE… JOINS-TOI À NOUS…
QUI ES-TU POUR PRENDRE DES DÉCISIONS, FEMME…? ET SI C'ÉTAIT UN VOLEUR OU UN ASSASSIN…? EN PLUS, NOUS AVONS PAYÉ POUR CE VOYAGE ET PAS LUI…
ET IL N'Y A PAS ASSEZ DE PROVISIONS POUR TOUS… MÊME PAS POUR NOUS…
TU PEUX MARCHER…?
JE CROIS, OUI… LA NUIT VA TOMBER… JE DORMIRAI ET DEMAIN JE SERAI SUR PIED…
LAISSE, N'AIE PAS PEUR… ILS NE TE FERONT AUCUN MAL…
JE N'AI PAS PEUR… JE SUIS UN GUERRIER…
HA HA HA HA… REGARDEZ-LE…! IL DIT ÊTRE UN GUERRIER… UN GARS TOUT SALE, PERDU DANS LE DÉSERT ET QUI NE TIENT PAS DEBOUT…
REDIS ÇA DEMAIN, QUAND J'AURAI RETROUVÉ DES FORCES, ET JE TE TUE…
METS CES VÊTEMENTS POUR TE PROTÉGER DU SOLEIL ET COUVRIR TA NUDITÉ… TU VIENS AVEC NOUS…
VOUS VOUDRIEZ L'ABANDONNER ICI POUR QU'IL MEURE…?
NE VOUS INQUIÉTEZ PAS POUR LES PROVISIONS, JE PARTAGERAI MA RATION AVEC LUI…
VOYEZ-MOI CE GUERRIER… OU CETTE GUERRIÈRE… ELLE SE BATTRA EN ROBE ET VOILÉE… AUCUN ENNEMI NE LUI RÉSISTERA… HA HA HA HA…
HA HA HA… OUI. ELLE EST TRÈS BELLE…

VOICI TA RATION DE NOURRITURE, AISHA… TU AS AUSSI DROIT À UN PEU D'EAU… À TOI DE VOIR SI TU VEUX PARTAGER…
DONNE-MOI JUSTE DE L'EAU ET LA MOITIÉ DU PAIN… GARDE LE RESTE…
SI TU NE MANGES PAS, TU NE RÉCUPÉRERAS PAS ET ÇA NOUS CAUSERA DES ENNUIS…
NE T'EN FAIS PAS… UN GUERRIER SAIT COMMENT SURVIVRE…
J'AI UN SAC DE COUCHAGE… PRENDS CETTE COUVERTURE… LES NUITS SONT FROIDES DANS LE DÉSERT…
MERCI, MON AMI… TU ES TRÈS GÉNÉREUX…
PSSSSTTTT…
QU'EST-CE QUE TU FAIS… ?
TU VERRAS… SERRE FORT LA BOUCHE DU CHAMEAU POUR QU'IL NE BLATÈRE PAS… IL POURRAIT RÉVEILLER LES AUTRES…
BOIS…
NON… ÇA ME DÉGOÛTE… ET PUIS LE CHAMEAU POURRAIT SE VIDER DE SON SANG…
NON, IL NE SE VIDERA PAS… LA BLESSURE CICATRISE DÈS QU'ON CESSE DE BOIRE… BOIS… LE SANG ÉTANCHE LA SOIF ET CALME LA FAIM… C'EST L'ESSENCE DE LA VIE…
AVEC CE QU'ILS NOUS DONNENT À MANGER ET À BOIRE, ON NE SURVIVRA PAS… CECI NOUS AIDERA…

AHMED, C'EST ENCORE LOIN, LE POINT DE RENDEZ-VOUS AVEC LE CAMION... ?
NON... ON VA BIENTÔT APERCEVOIR LE MONT ACACUS... LE CAMION VOUS ATTEND LÀ... VOUS PRENDREZ LA PISTE ET VOUS SEREZ À TRIPOLI EN TROIS JOURS...
SELON TES PROMESSES, ON AURAIT DÛ ARRIVER AVANT-HIER... ET ON N'A PLUS DE PROVISIONS...
J'EN PEUX PLUS... JE CROIS QUE JE VAIS ABANDONNER... JE ME DEMANDE COMMENT TU TIENS AVEC UNE RATION POUR DEUX...
MOI, JE RÉCUPÈRE VITE... ET AISHA EST UNE FEMME FORTE... ON TE LAISSERA PAS ABANDONNER... ENCORE UN EFFORT... ON EST PRÈS DU BUT...
NOTRE POINT DE RENDEZ-VOUS... VOUS VOYEZ QU'ON ÉTAIT PRESQUE ARRIVÉS... CE SONT LES CONTREFORTS DE L'ACACUS, LE MONT BRODÉ DE PIERRE...

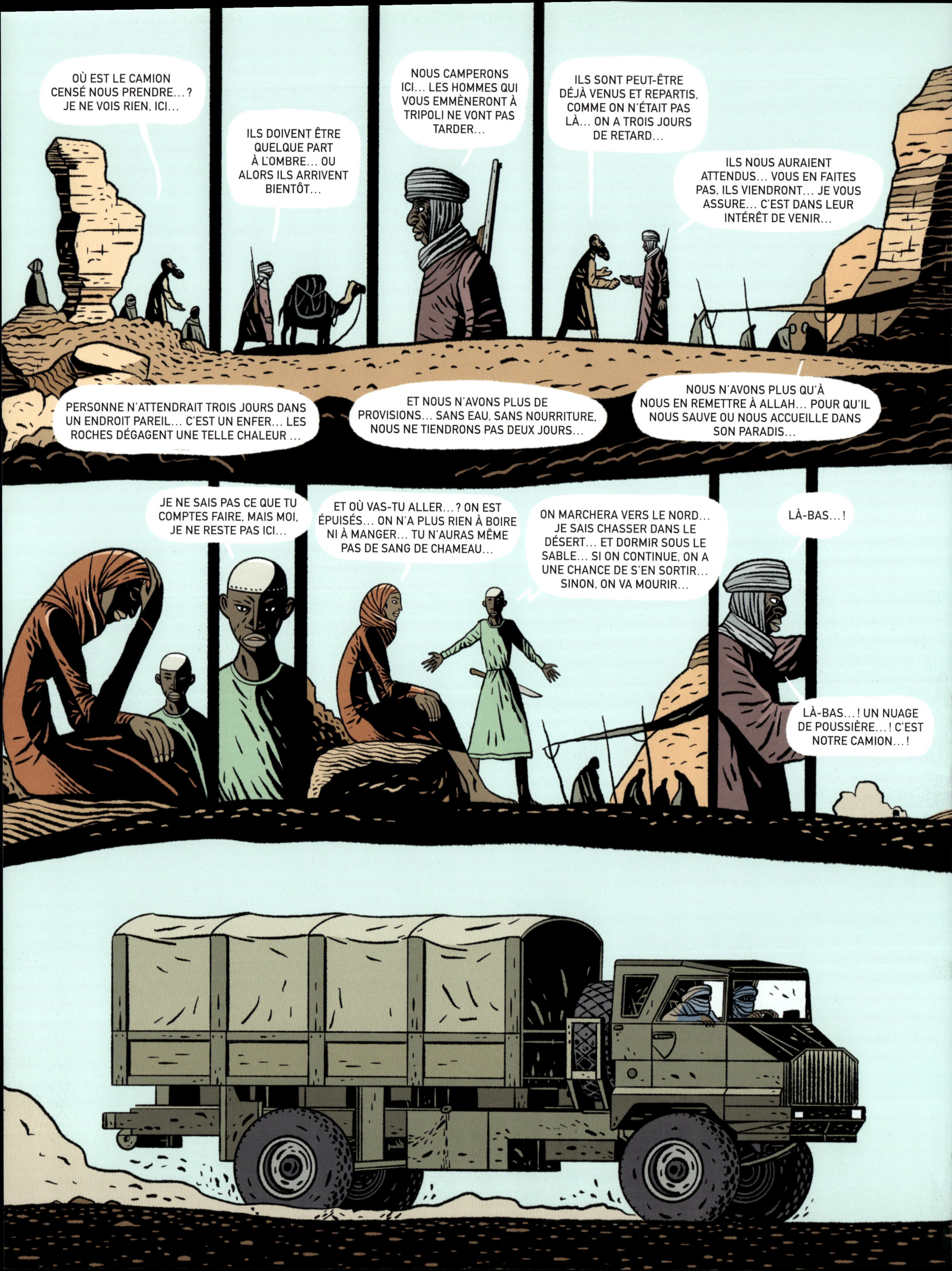
OÙ EST LE CAMION CENSÉ NOUS PRENDRE... ? JE NE VOIS RIEN, ICI...
ILS DOIVENT ÊTRE QUELQUE PART À L'OMBRE... OU ALORS ILS ARRIVENT BIENTÔT...
NOUS CAMPERONS ICI... LES HOMMES QUI VOUS EMMÈNERONT À TRIPOLI NE VONT PAS TARDER...
ILS SONT PEUT-ÊTRE DÉJÀ VENUS ET REPARTIS, COMME ON N'ÉTAIT PAS LÀ... ON A TROIS JOURS DE RETARD...
ILS NOUS AURAIENT ATTENDUS... VOUS EN FAITES PAS, ILS VIENDRONT... JE VOUS ASSURE... C'EST DANS LEUR INTÉRÊT DE VENIR...
PERSONNE N'ATTENDRAIT TROIS JOURS DANS UN ENDROIT PAREIL... C'EST UN ENFER... LES ROCHES DÉGAGENT UNE TELLE CHALEUR ...
ET NOUS N'AVONS PLUS DE PROVISIONS... SANS EAU, SANS NOURRITURE, NOUS NE TIENDRONS PAS DEUX JOURS...
NOUS N'AVONS PLUS QU'À NOUS EN REMETTRE À ALLAH... POUR QU'IL NOUS SAUVE OU NOUS ACCUEILLE DANS SON PARADIS...
JE NE SAIS PAS CE QUE TU COMPTES FAIRE, MAIS MOI, JE NE RESTE PAS ICI...
ET OÙ VAS-TU ALLER... ? ON EST ÉPUISÉS... ON N'A PLUS RIEN À BOIRE NI À MANGER... TU N'AURAS MÊME PAS DE SANG DE CHAMEAU...
ON MARCHERA VERS LE NORD... JE SAIS CHASSER DANS LE DÉSERT... ET DORMIR SOUS LE SABLE... SI ON CONTINUE, ON A UNE CHANCE DE S'EN SORTIR... SINON, ON VA MOURIR...
LÀ-BAS... !
LÀ-BAS... ! UN NUAGE DE POUSSIÈRE... ! C'EST NOTRE CAMION... !

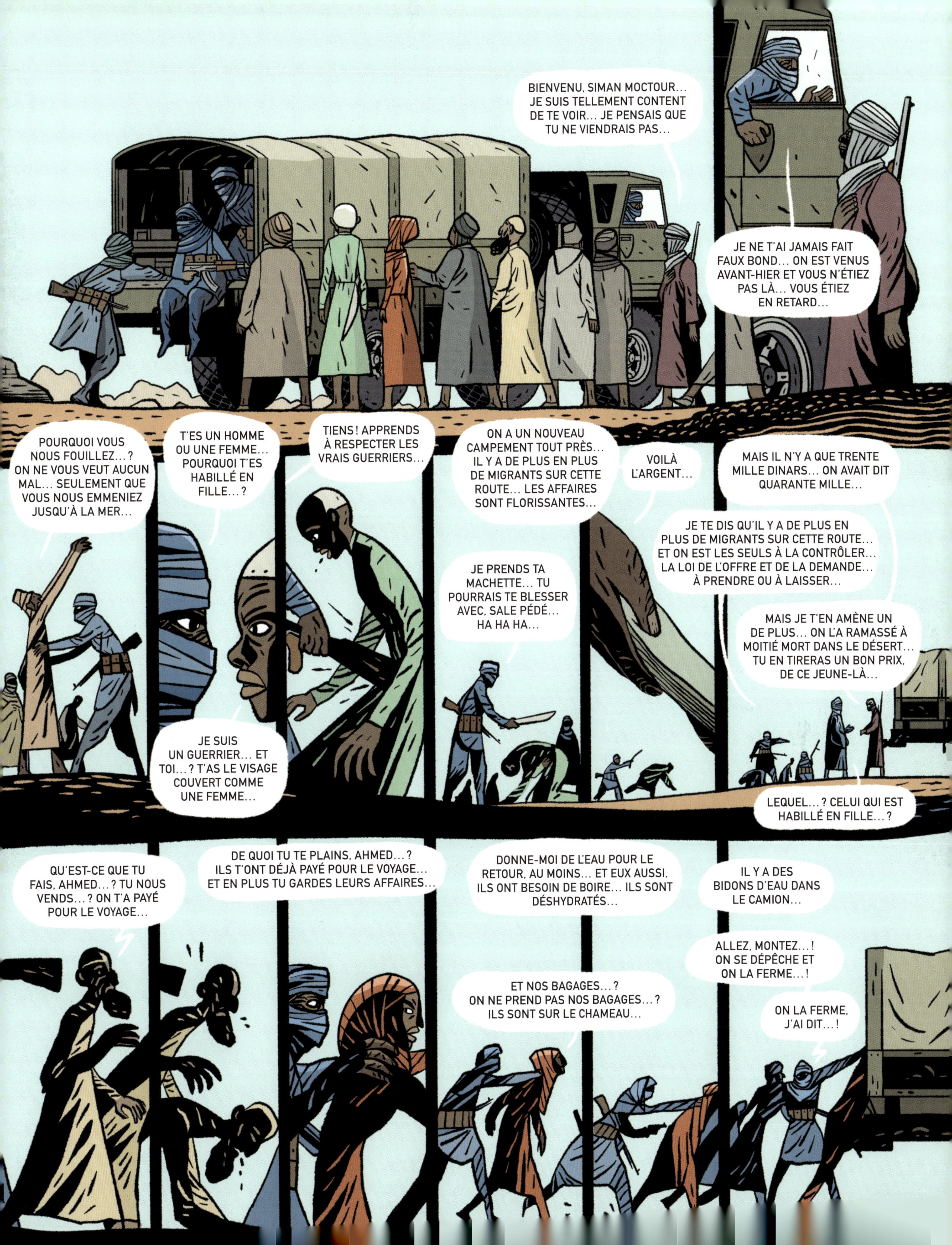
BIENVENU, SIMAN MOCTOUR… JE SUIS TELLEMENT CONTENT DE TE VOIR… JE PENSAIS QUE TU NE VIENDRAIS PAS…
JE NE T'AI JAMAIS FAIT FAUX BOND… ON EST VENUS AVANT-HIER ET VOUS N'ÉTIEZ PAS LÀ… VOUS ÉTIEZ EN RETARD…
POURQUOI VOUS NOUS FOUILLEZ… ? ON NE VOUS VEUT AUCUN MAL… SEULEMENT QUE VOUS NOUS EMMENIEZ JUSQU'À LA MER…
T'ES UN HOMME OU UNE FEMME… POURQUOI T'ES HABILLÉ EN FILLE… ?
JE SUIS UN GUERRIER… ET TOI… ? T'AS LE VISAGE COUVERT COMME UNE FEMME…
TIENS ! APPRENDS À RESPECTER LES VRAIS GUERRIERS…
JE PRENDS TA MACHETTE… TU POURRAIS TE BLESSER AVEC, SALE PÉDÉ… HA HA HA…
ON A UN NOUVEAU CAMPEMENT TOUT PRÈS… IL Y A DE PLUS EN PLUS DE MIGRANTS SUR CETTE ROUTE… LES AFFAIRES SONT FLORISSANTES…
VOILÀ L'ARGENT…
MAIS IL N'Y A QUE TRENTE MILLE DINARS… ON AVAIT DIT QUARANTE MILLE…
JE TE DIS QU'IL Y A DE PLUS EN PLUS DE MIGRANTS SUR CETTE ROUTE… ET ON EST LES SEULS À LA CONTRÔLER… LA LOI DE L'OFFRE ET DE LA DEMANDE… À PRENDRE OU À LAISSER…
MAIS JE T'EN AMÈNE UN DE PLUS… ON L'A RAMASSÉ À MOITIÉ MORT DANS LE DÉSERT… TU EN TIRERAS UN BON PRIX, DE CE JEUNE-LÀ…
LEQUEL… ? CELUI QUI EST HABILLÉ EN FILLE… ?
QU'EST-CE QUE TU FAIS, AHMED… ? TU NOUS VENDS… ? ON T'A PAYÉ POUR LE VOYAGE…
DE QUOI TU TE PLAINS, AHMED… ? ILS T'ONT DÉJÀ PAYÉ POUR LE VOYAGE… ET EN PLUS TU GARDES LEURS AFFAIRES…
DONNE-MOI DE L'EAU POUR LE RETOUR, AU MOINS… ET EUX AUSSI, ILS ONT BESOIN DE BOIRE… ILS SONT DÉSHYDRATÉS…
ET NOS BAGAGES… ? ON NE PREND PAS NOS BAGAGES… ? ILS SONT SUR LE CHAMEAU…
IL Y A DES BIDONS D'EAU DANS LE CAMION…
ALLEZ, MONTEZ… ! ON SE DÉPÊCHE ET ON LA FERME… !
ON LA FERME, J'AI DIT… !

LA PREMIÈRE CHOSE À SAVOIR, C'EST QUE VOUS N'ÊTES PLUS DES MIGRANTS, DÉSORMAIS VOUS ÊTES DES ESCLAVES… VOUS N'IREZ NI À TRIPOLI NI EN EUROPE… VOUS IREZ À MISRATA, OÙ JE VOUS VENDRAI AU PLUS OFFRANT…
MISRATA EST LE PLUS GRAND MARCHÉ D'ESCLAVES DE LIBYE… JE VOUS CÈDERAI POUR UNE BONNE SOMME… POUR L'INSTANT, VOUS M'APPARTENEZ…
JE SUIS SIMAN MOCTOUR… JE CONTRÔLE LES ROUTES DU SUD-OUEST LIBYEN… TOUT CE QUI CIRCULE DANS CETTE RÉGION EST À MOI… SI VOUS NE M'OBÉISSEZ PAS, JE VOUS TUE… C'EST COMPRIS… ?
C'EST BIEN COMPRIS… ?
BIEN… JE VOIS SUR VOS VISAGES QUE VOUS AVEZ COMPRIS… MAINTENANT REMETTEZ-MOI TOUT L'ARGENT QUE VOUS AVEZ SUR VOUS…
VOUS N'AVEZ PAS ENTENDU… ? JE VEUX VOTRE ARGENT… VITE !
ON N'A PAS D'ARGENT, GRAND MOCTOUR… ON A TOUT DÉPENSÉ POUR PAYER NOTRE VOYAGE VERS L'EUROPE…
ON EST PAUVRES… C'EST D'AILLEURS POUR ÇA QU'ON A QUITTÉ NOS PAYS…
VOUS RÉPONDEZ TOUJOURS LA MÊME CHOSE… JE SAIS QUE VOUS AVEZ L'ARGENT QUE VOUS ONT DONNÉ VOS PROCHES ET VOS AMIS… JE SAIS MÊME OÙ VOUS L'AVEZ PLANQUÉ… DANS L'ANUS OU LE VAGIN…
JE POURRAIS VOUS DÉCHIRER LE CUL AVEC MON COUTEAU POUR LE PRENDRE… MAIS J'AI PAS ENVIE DE ME SALIR LES MAINS… ET PUIS VOUS VALEZ PLUS VIVANTS QUE MORTS…
MAIS ON N'A RIEN, GRAND MOCTOUR… AHMED NOUS A MÊME PRIS NOS BAGAGES…
NE NOUS FAIS PAS DE MAL, MOCTOUR… AIE PITIÉ, PAR ALLAH…
C'EST BON… EMMENEZ-LES DANS LA CABANE EN FER…

ALLEZ, ALLEZ… DÉPÊCHONS…!
VOUS NOUS EMMENEZ OÙ…? QU'EST-CE QUE VOUS ALLEZ NOUS FAIRE…?
VITE…! ENTREZ, VITE…!
NE NOUS FAITES PAS DE MAL… AYEZ PITIÉ, PAR ALLAH…
IL FAIT UNE CHALEUR ATROCE… JE NE RESPIRE PLUS…
IL NOUS ONT MIS DANS UN FOUR… ILS VEULENT NOUS CUIRE…
ON NE TIENDRA PAS LONGTEMPS DANS CETTE FOURNAISE… D'ICI QUELQUES MINUTES, ON EST MORTS…
NE TOUCHEZ PAS LES PAROIS… LES BRÛLURES SERAIENT TRÈS DOULOUREUSES…
COFFF COFFF… J'ÉTOUFFE…
PITIÉ, DONNEZ-LEUR L'ARGENT… SI VOUS EN AVEZ, DONNEZ-LE… SINON ON VA MOURIR…
OUVREZ…! JE VOUS REMETTRAI TOUT MON ARGENT, MAIS SORTEZ-MOI DE LÀ…!
MOI AUSSI JE VOUS DONNE TOUT…! J'EN PEUX PLUS…!
SI VOUS VOUS JETEZ AU SOL, CE SERA PIRE… IL EST BRÛLANT…
ON VA TOUS VOUS DONNER L'ARGENT QU'ON A…! MAIS OUVREZ…! ON CRÈVE…!
ALLEZ, TOUT LE MONDE DEHORS…! REMETTEZ TOUT CE QUE VOUS AVEZ À MOCTOUR… SI ON DÉCOUVRE QUE VOUS AVEZ GARDÉ QUELQUE CHOSE, VOUS Y RETOURNEZ…
VOILÀ TOUTE MA RICHESSE, GRAND MOCTOUR… TOUTES MES ÉCONOMIES ET CELLES DE MA FAMILLE…
METS-LES DANS CETTE CAISSE… TU CROIS QUE JE VAIS SALIR MES MAINS AVEC TA MERDE…?
MAINTENANT TU PEUX TE BAIGNER DANS LE RÉSERVOIR POUR TE RAFRAÎCHIR…
GRAND MOCTOUR, JE PEUX T'EN DONNER PLUS SI TU ME LIBÈRES. JE REVIENDRAI AVEC AUTANT D'ARGENT QUE TU VOUDRAS… JE SUIS IMAM DANS LA MOSQUÉE DE MA VILLE… JE POURRAI EN TROUVER…
HA HA HA HA… TU ME PRENDS POUR UN IDIOT…? SI JE TE LAISSE PARTIR, TU NE REVIENDRAS PAS… VA SOUS LA TENTE ET DORS… DEMAIN À L'AUBE VOUS PARTEZ À MISRATA… TU ES PRIVÉ DE BAIN…

DES PIÈCES D'OR… ? OÙ LES AS-TU TROUVÉES… ?
DIX PIÈCES D'OR… LE TRÉSOR ÉPARGNÉ PAR MA FAMILLE DEPUIS CINQ GÉNÉRATIONS… MON PÈRE M'EN A FAIT DON POUR M'AIDER À TRAVERSER…
NE LES METS PAS DANS LA CAISSE… DONNE-LES-MOI… TU PEUX TE BAIGNER AU BOUT DU RÉSERVOIR… AUCUN HOMME NE T'Y EMBÊTERA…
DU CONGO ET J'AI VÉCU DE CE QUE JE TROUVAIS… JE SAIS CHASSER ET DORMIR SOUS LE SABLE… JE SUIS UN GUERRIER… JE NE POSSÉDAIS QUE LA MACHETTE QUE VOUS M'AVEZ PRISE…
TIENS, TIENS… UN GUERRIER… UN DE MES HOMMES REGARDERA TON DERRIÈRE POUR VÉRIFIER SI TU DIS VRAI…
SI UN DE TES HOMMES ME TOUCHE, JE LE TUE… UN GUERRIER NE SE LAISSE PAS DÉSHONORER…
HA HA HA… JE NE SAIS PAS SI TU ES UN GUERRIER, MAIS TU ES COURAGEUX… ALLEZ, BAIGNE-TOI, RAFRAÎCHIS-TOI…
ET NOUS SERONS ESCLAVES PENDANT COMBIEN DE TEMPS… ?
HA HA HA HA… TOUTE VOTRE VIE… ET VOTRE MAÎTRE DISPOSERA DE VOUS À SA GUISE…
SI VOUS OBÉISSEZ ET TRAVAILLEZ BIEN, VOUS NE SEREZ PAS PUNIS… IL SE PEUT QUE VOTRE MAÎTRE AIT PITIÉ DE VOUS ET FINISSE PAR VOUS AFFRANCHIR…

POUR OUVRIR LES ENCHÈRES, VOICI CETTE BEAUTÉ QUI NOUS VIENT DU SOUDAN... ELLE PEUT TRAVAILLER ET SURTOUT DONNER DU PLAISIR...
LÈVE LA TÊTE POUR QU'ON VOIE TON JOLI VISAGE...
OBSERVEZ CETTE MERVEILLE... CE CORPS AUX FORMES PROMETTEUSES... JE NE PEUX PAS COMMENCER À MOINS DE DIX MILLE DINARS... QUI LA VEUT POUR DIX MILLE DINARS... ?
DIX MILLE...
DIX MILLE CINQ CENTS...
ONZE MILLE...
DOUZE MILLE...
TREIZE MILLE...
ADJUGÉE POUR TREIZE MILLE DINARS...
TU AS FAIT UNE BONNE AFFAIRE, L'AMI... CETTE FEMME TE RENDRA TRÈS HEUREUX...

VOICI OSMAN, IL VIENT DU YÉMEN… DANS SON PAYS, C'ÉTAIT UN SAVANT ET UN IMAM RESPECTÉ… IL PEUT VOUS INSTRUIRE, VOUS OU VOS ENFANTS, MAIS IL PEUT AUSSI TRAVAILLER DUR… QUI LE VEUT POUR SEPT MILLE DINARS… ?
SEPT MILLE…
ET LUI, C'EST NIVEK. L'OFFRE LA PLUS EXOTIQUE DE CETTE VENTE… IL EST ORIGINAIRE DU CONGO ET, MALGRÉ SA TENUE, IL DIT ÊTRE UN GUERRIER… IL EST JEUNE ET BEAU. IL POURRA VOUS OFFRIR DE BEAUX COMBATS AMOUREUX… QUI EN DONNE SEPT MILLE… ?
SEPT MILLE CINQ CENTS… !
JE TE TUERAIS BIEN DE PLAISIR, BEAU GUERRIER… HA HA HA…
HUIT MILLE…
ADJUGÉ POUR HUIT MILLE DINARS…
ATTACHE-LUI LES MAINS DANS LE DOS… AU CAS OÙ IL VOUDRAIT S'ÉCHAPPER… IL PRÉTEND ÊTRE GUERRIER…
ET ENFILE-LUI TA TUNIQUE PAR-DESSUS… IL ATTIRERAIT L'ATTENTION, EN TRAVESTI…
JE NE SERAI PAS TON ESCLAVE… UN GUERRIER N'EST L'ESCLAVE DE PERSONNE… ET JE NE TE DONNERAI PAS DE PLAISIR… JE NE COUCHE PAS AVEC DES HOMMES…
TU NE SERAS PAS MON ESCLAVE… JE T'AI ACHETÉ POUR TAREK BASHIR, L'HOMME LE PLUS PUISSANT DE MISRATA… JE TRAVAILLE POUR LUI… ET TU FERAS CE QU'IL TE DIRA, MA POULE… PAS LE CHOIX… HA HA HA HA…
GRAND BASHIR, VOICI LE JEUNE QUE J'AI ACHETÉ POUR TOI… JE CONNAIS TES GOÛTS, J'ESPÈRE QU'IL TE PLAIRA… IL VIENT DU CONGO, IL EST FORT ET SVELTE… PEUT-ÊTRE UN BRIN IMPÉTUEUX…
IL DIT ÊTRE GUERRIER… MAIS IL S'ADAPTERA… TU SAIS T'Y PRENDRE AVEC LES ESCLAVES…
IMPÉTUEUX, DIS-TU, HEIN…

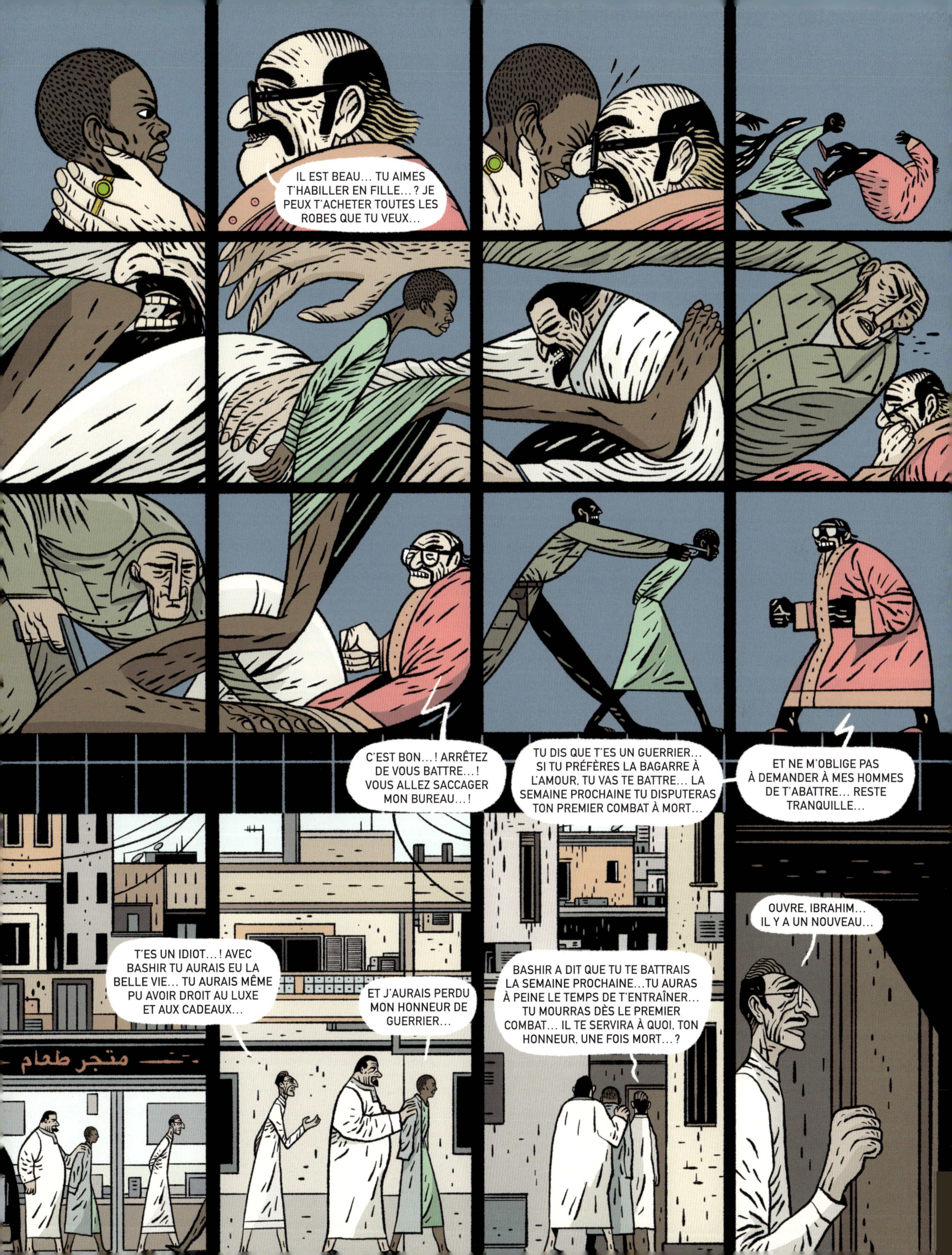
IL EST BEAU… TU AIMES T'HABILLER EN FILLE…? JE PEUX T'ACHETER TOUTES LES ROBES QUE TU VEUX…
C'EST BON…! ARRÊTEZ DE VOUS BATTRE…! VOUS ALLEZ SACCAGER MON BUREAU…!
TU DIS QUE T'ES UN GUERRIER… SI TU PRÉFÈRES LA BAGARRE À L'AMOUR, TU VAS TE BATTRE… LA SEMAINE PROCHAINE TU DISPUTERAS TON PREMIER COMBAT À MORT…
ET NE M'OBLIGE PAS À DEMANDER À MES HOMMES DE T'ABATTRE… RESTE TRANQUILLE…
متجر طعام
T'ES UN IDIOT…! AVEC BASHIR TU AURAIS EU LA BELLE VIE… TU AURAIS MÊME PU AVOIR DROIT AU LUXE ET AUX CADEAUX…
ET J'AURAIS PERDU MON HONNEUR DE GUERRIER…
BASHIR A DIT QUE TU TE BATTRAIS LA SEMAINE PROCHAINE…TU AURAS À PEINE LE TEMPS DE T'ENTRAÎNER… TU MOURRAS DÈS LE PREMIER COMBAT… IL TE SERVIRA À QUOI, TON HONNEUR, UNE FOIS MORT…?
OUVRE, IBRAHIM… IL Y A UN NOUVEAU…

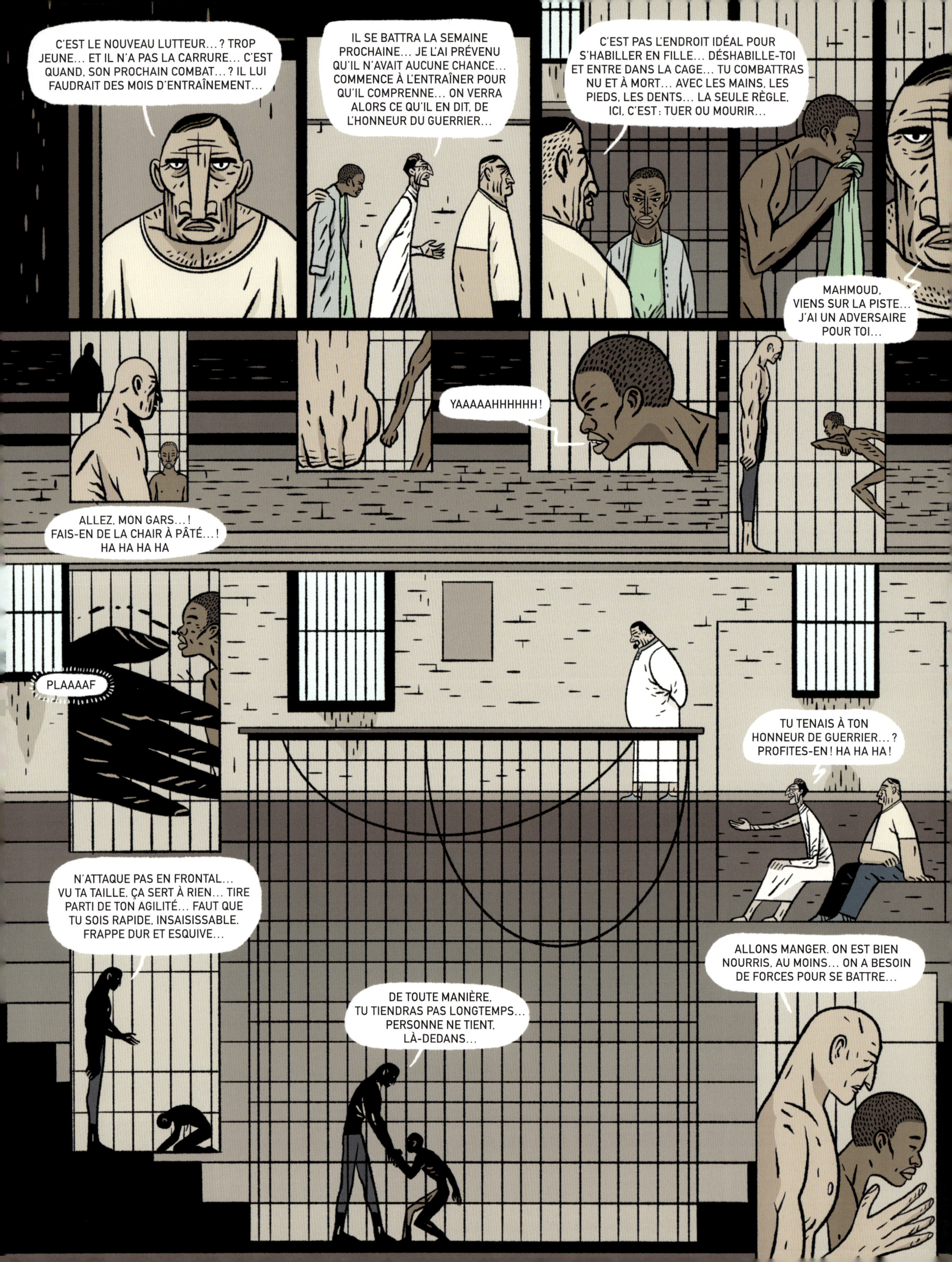
C'EST LE NOUVEAU LUTTEUR… ? TROP JEUNE… ET IL N'A PAS LA CARRURE… C'EST QUAND, SON PROCHAIN COMBAT… ? IL LUI FAUDRAIT DES MOIS D'ENTRAÎNEMENT…
IL SE BATTRA LA SEMAINE PROCHAINE… JE L'AI PRÉVENU QU'IL N'AVAIT AUCUNE CHANCE… COMMENCE À L'ENTRAÎNER POUR QU'IL COMPRENNE… ON VERRA ALORS CE QU'IL EN DIT, DE L'HONNEUR DU GUERRIER…
C'EST PAS L'ENDROIT IDÉAL POUR S'HABILLER EN FILLE… DÉSHABILLE-TOI ET ENTRE DANS LA CAGE… TU COMBATTRAS NU ET À MORT… AVEC LES MAINS, LES PIEDS, LES DENTS… LA SEULE RÈGLE, ICI, C'EST : TUER OU MOURIR…
MAHMOUD, VIENS SUR LA PISTE… J'AI UN ADVERSAIRE POUR TOI…
ALLEZ, MON GARS… ! FAIS-EN DE LA CHAIR À PÂTÉ… ! HA HA HA HA
YAAAAAHHHHHH !
PLAAAAF
TU TENAIS À TON HONNEUR DE GUERRIER… ? PROFITES-EN ! HA HA HA !
N'ATTAQUE PAS EN FRONTAL… VU TA TAILLE, ÇA SERT À RIEN… TIRE PARTI DE TON AGILITÉ… FAUT QUE TU SOIS RAPIDE, INSAISISSABLE. FRAPPE DUR ET ESQUIVE…
DE TOUTE MANIÈRE, TU TIENDRAS PAS LONGTEMPS… PERSONNE NE TIENT, LÀ-DEDANS…
ALLONS MANGER. ON EST BIEN NOURRIS, AU MOINS… ON A BESOIN DE FORCES POUR SE BATTRE…

VOILÀ TA PIAULE… TU N'Y RESTERAS PAS LONGTEMPS… TU COMBATS MERCREDI DE LA SEMAINE PROCHAINE…

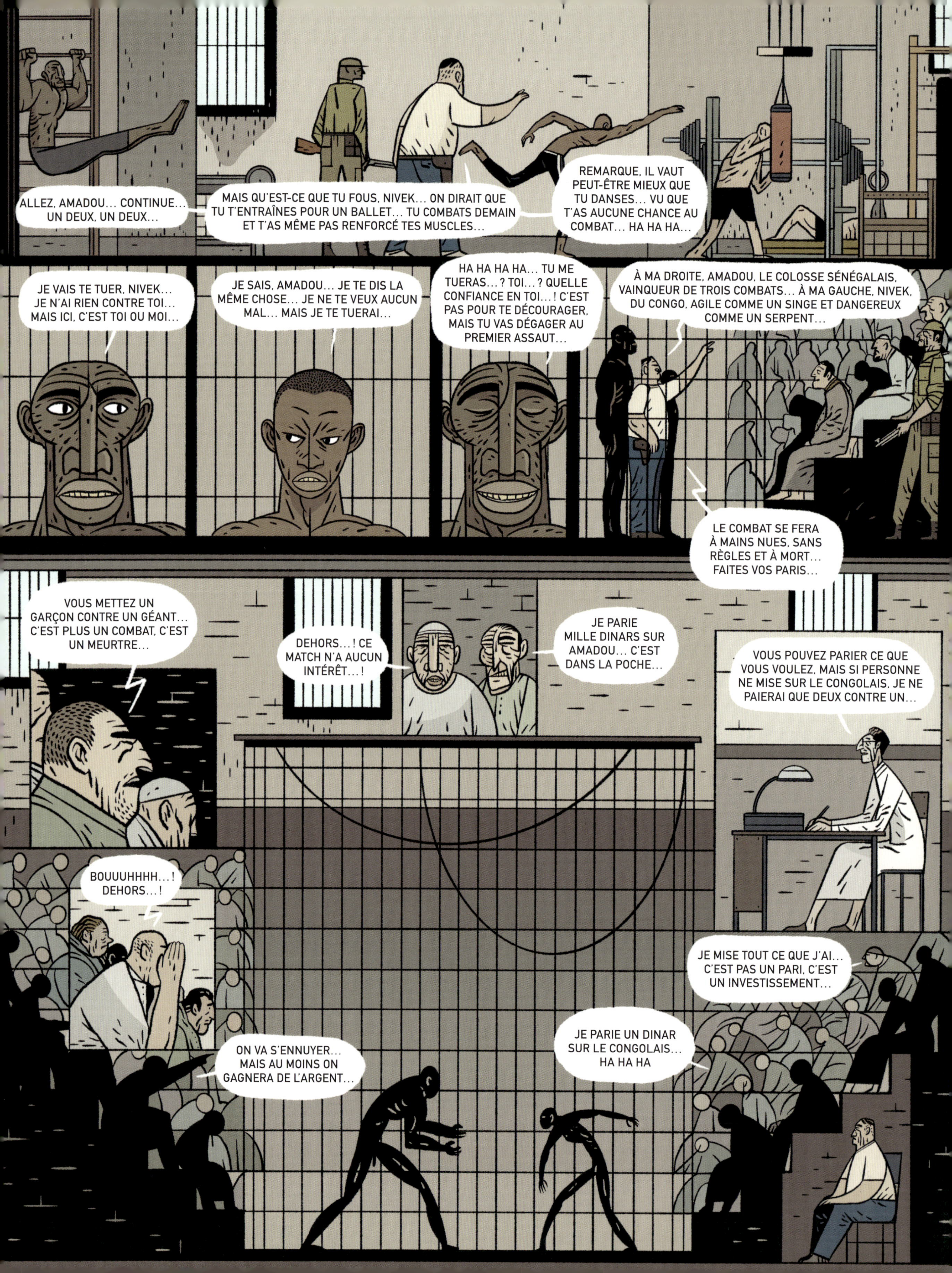
ALLEZ, AMADOU… CONTINUE… UN DEUX, UN DEUX…
MAIS QU'EST-CE QUE TU FOUS, NIVEK… ON DIRAIT QUE TU T'ENTRAÎNES POUR UN BALLET… TU COMBATS DEMAIN ET T'AS MÊME PAS RENFORCÉ TES MUSCLES…
REMARQUE, IL VAUT PEUT-ÊTRE MIEUX QUE TU DANSES… VU QUE T'AS AUCUNE CHANCE AU COMBAT… HA HA HA…
JE VAIS TE TUER, NIVEK… JE N'AI RIEN CONTRE TOI… MAIS ICI, C'EST TOI OU MOI…
JE SAIS, AMADOU… JE TE DIS LA MÊME CHOSE… JE NE TE VEUX AUCUN MAL… MAIS JE TE TUERAI…
HA HA HA HA… TU ME TUERAS…? TOI…? QUELLE CONFIANCE EN TOI…! C'EST PAS POUR TE DÉCOURAGER, MAIS TU VAS DÉGAGER AU PREMIER ASSAUT…
À MA DROITE, AMADOU, LE COLOSSE SÉNÉGALAIS, VAINQUEUR DE TROIS COMBATS… À MA GAUCHE, NIVEK, DU CONGO, AGILE COMME UN SINGE ET DANGEREUX COMME UN SERPENT…
LE COMBAT SE FERA À MAINS NUES, SANS RÈGLES ET À MORT… FAITES VOS PARIS…
VOUS METTEZ UN GARÇON CONTRE UN GÉANT… C'EST PLUS UN COMBAT, C'EST UN MEURTRE…
DEHORS…! CE MATCH N'A AUCUN INTÉRÊT…!
JE PARIE MILLE DINARS SUR AMADOU… C'EST DANS LA POCHE…
VOUS POUVEZ PARIER CE QUE VOUS VOULEZ, MAIS SI PERSONNE NE MISE SUR LE CONGOLAIS, JE NE PAIERAI QUE DEUX CONTRE UN…
BOUUUHHHH…! DEHORS…!
JE MISE TOUT CE QUE J'AI… C'EST PAS UN PARI, C'EST UN INVESTISSEMENT…
ON VA S'ENNUYER… MAIS AU MOINS ON GAGNERA DE L'ARGENT…
JE PARIE UN DINAR SUR LE CONGOLAIS… HA HA HA

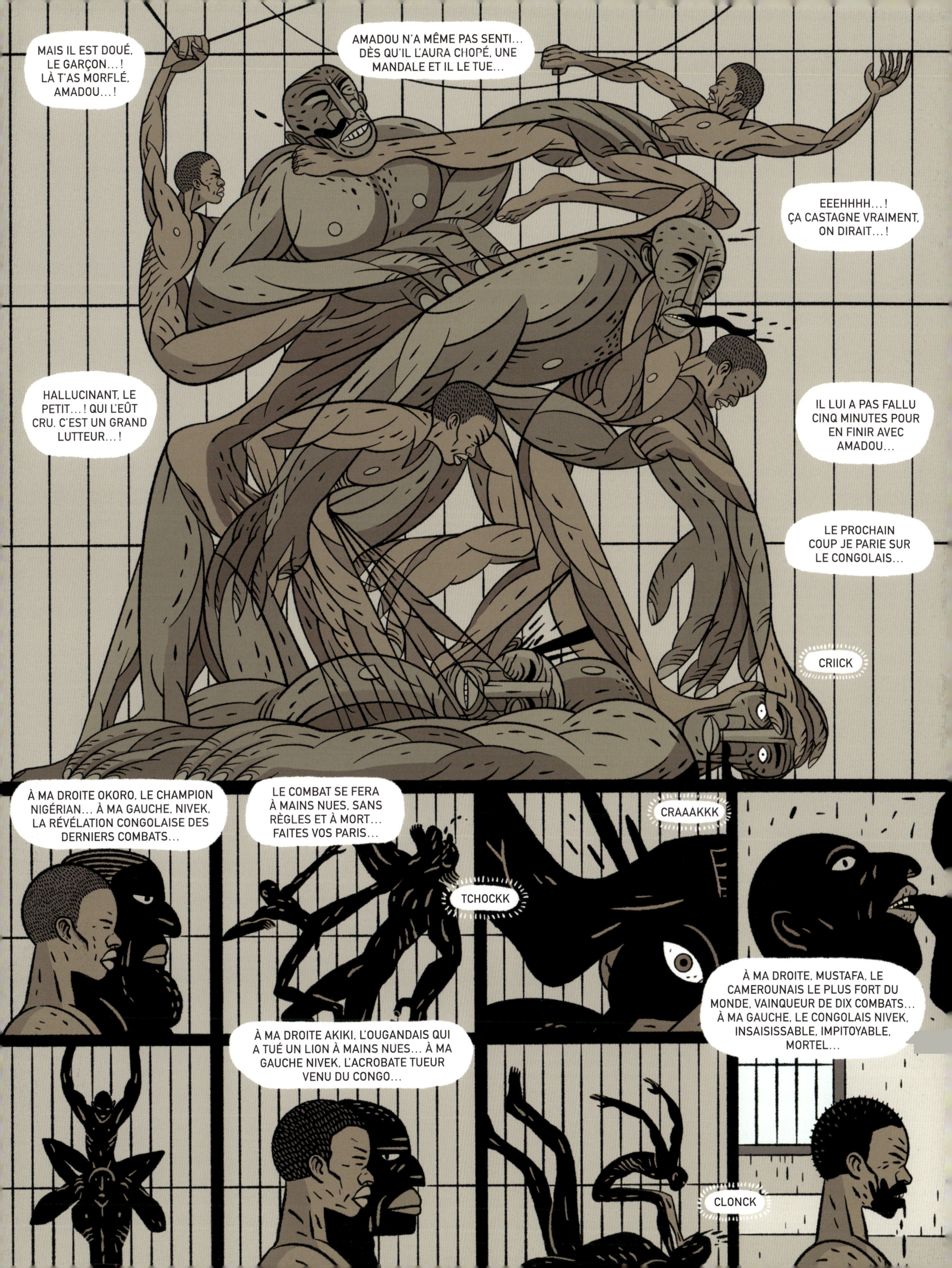
MAIS IL EST DOUÉ, LE GARÇON...! LÀ T'AS MORFLÉ, AMADOU...!
AMADOU N'A MÊME PAS SENTI... DÈS QU'IL L'AURA CHOPÉ, UNE MANDALE ET IL LE TUE...
EEEHHHH...! ÇA CASTAGNE VRAIMENT, ON DIRAIT...!
HALLUCINANT, LE PETIT...! QUI L'EÛT CRU. C'EST UN GRAND LUTTEUR...!
IL LUI A PAS FALLU CINQ MINUTES POUR EN FINIR AVEC AMADOU...
LE PROCHAIN COUP JE PARIE SUR LE CONGOLAIS...
CRIICK
À MA DROITE OKORO, LE CHAMPION NIGÉRIAN... À MA GAUCHE, NIVEK, LA RÉVÉLATION CONGOLAISE DES DERNIERS COMBATS...
LE COMBAT SE FERA À MAINS NUES, SANS RÈGLES ET À MORT... FAITES VOS PARIS...
TCHOCKK
CRAAAKKK
À MA DROITE, MUSTAFA, LE CAMEROUNAIS LE PLUS FORT DU MONDE, VAINQUEUR DE DIX COMBATS... À MA GAUCHE, LE CONGOLAIS NIVEK, INSAISISSABLE, IMPITOYABLE, MORTEL...
À MA DROITE AKIKI, L'OUGANDAIS QUI A TUÉ UN LION À MAINS NUES... À MA GAUCHE NIVEK, L'ACROBATE TUEUR VENU DU CONGO...
CLONCK

ABDALLAH, JE VEUX VOIR BASHIR...
HA HA HA HA... TU TE PRENDS POUR QUI...? TES VICTOIRES TE MONTENT À LA TÊTE... BASHIR NE REÇOIT PAS SES ESCLAVES... RETOURNE DANS TA PIAULE ET DIS-TOI QUE TU PEUX MOURIR AU COMBAT DEMAIN... C'EST TON DESTIN...
BON, MAIS DIS À BASHIR QUE JE VEUX LE VOIR... JE PARIE QU'IL ME RECEVRA...
TIENS, TIENS ! NOTRE JEUNE CONGOLAIS... ! IL PARAÎT QUE TU T'EN SORS TRÈS BIEN DANS LA CAGE À COMBATS... MAIS LA ROUE FINIRA PAR TOURNER... AS-TU COMPRIS QUE TU SERAIS MIEUX AVEC MOI... ?
NON, JE NE VEUX PAS ÊTRE TON ESCLAVE SEXUEL... TU AS GAGNÉ BEAUCOUP D'ARGENT AUX PARIS GRÂCE À MOI... J'AI VAINCU DOUZE FOIS... ENCORE DIX COMBATS ET TU M'AFFRANCHIS...
INSOLENT... ! QUI ES-TU POUR NÉGOCIER AVEC MOI... ! JE SUIS LE PROPRIÉTAIRE DE TA VIE... ! UN JOUR OU L'AUTRE TU PERDRAS AU COMBAT... ! TU SORTIRAS D'ICI MORT... !
TU VAS ME TUER, NIVEK... ?
MAHMOUD... ? C'EST TOI, MAHMOUD... ? ON VA S'AFFRONTER... ?
OUI, JE LE CRAINS...
NON, MAHMOUD... JE NE TE TUERAI PAS... D'AILLEURS ON NE SE BATTRA PAS... ON VA S'ÉVADER...
COMMENT ÇA... ? C'EST IMPOSSIBLE DE SORTIR D'ICI...
TU VAS ME SUIVRE ET FAIRE CE QUE JE TE DIS... DANS QUELQUES MINUTES ON SERA DEHORS...
À MA DROITE, NOTRE CHAMPION, L'ÉGYPTIEN MAHMOUD... CINQ VICTOIRES À SON ACTIF... À MA GAUCHE, LE NOUVEAU FAVORI DU PUBLIC, L'IMPLACABLE NIVEK...
LE COMBAT SE FERA À MAINS NUES, SANS RÈGLES ET À MORT... FAITES VOS PARIS...
VITE, MAHMOUD... ! GROUILLE... ! SAUTE SUR LES GRADINS PAR ICI... !
L'ARGENT, MAHMOUD... ! FAUT QU'ON PRENNE L'ARGENT DES PARIS... !
DONNE LA CAISSE... ! ALLEZ, VITE... !
TOUT EST LÀ... NE ME FAIS PAS DE MAL...
LE SOLEIL... ! J'AVAIS PAS VU LE SOLEIL DEPUIS DES MOIS... !

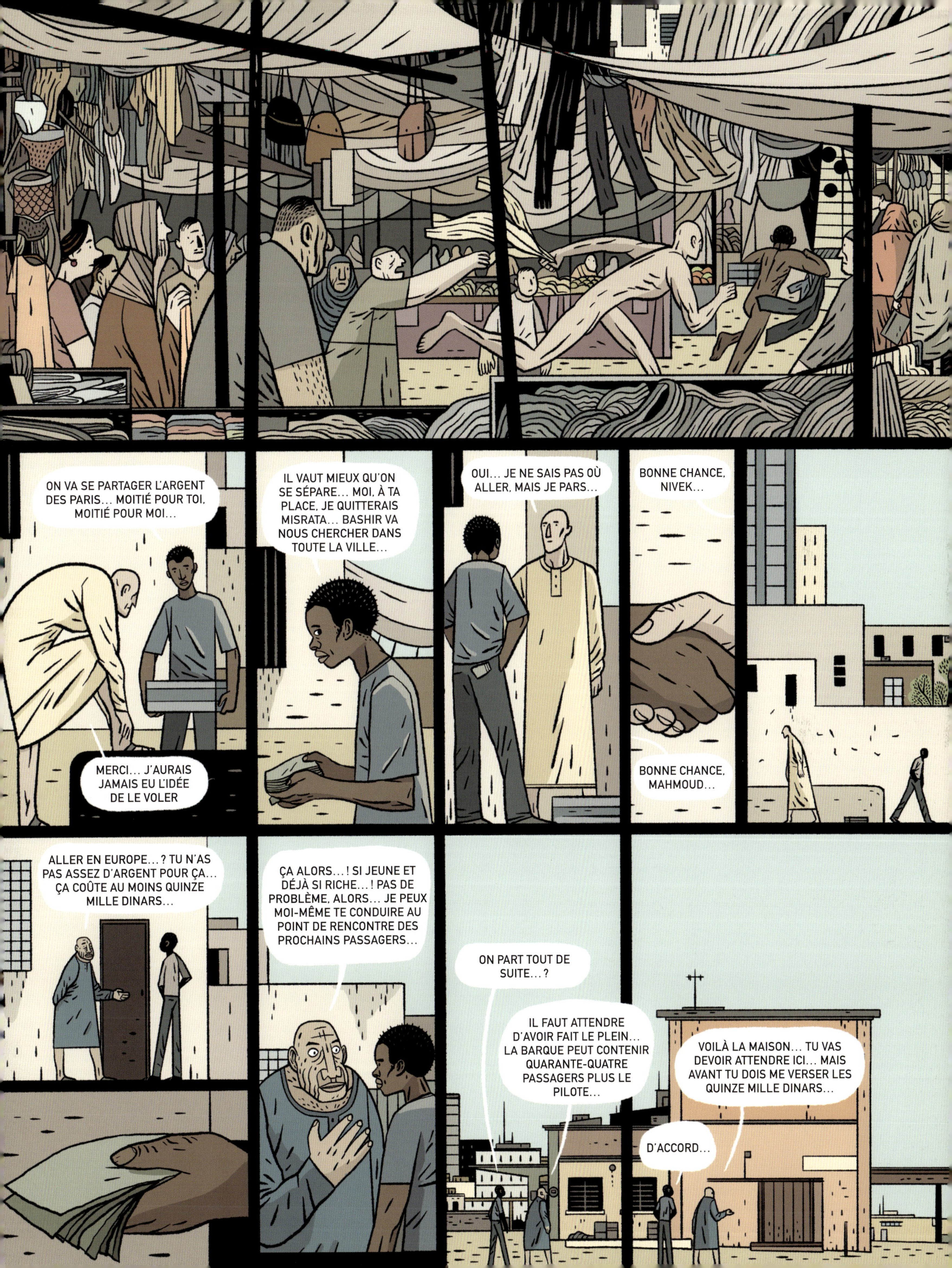
ON VA SE PARTAGER L'ARGENT DES PARIS… MOITIÉ POUR TOI, MOITIÉ POUR MOI…
MERCI… J'AURAIS JAMAIS EU L'IDÉE DE LE VOLER
IL VAUT MIEUX QU'ON SE SÉPARE… MOI, À TA PLACE, JE QUITTERAIS MISRATA… BASHIR VA NOUS CHERCHER DANS TOUTE LA VILLE…
OUI… JE NE SAIS PAS OÙ ALLER, MAIS JE PARS…
BONNE CHANCE, NIVEK…
BONNE CHANCE, MAHMOUD…
ALLER EN EUROPE… ? TU N'AS PAS ASSEZ D'ARGENT POUR ÇA… ÇA COÛTE AU MOINS QUINZE MILLE DINARS…
ÇA ALORS… ! SI JEUNE ET DÉJÀ SI RICHE… ! PAS DE PROBLÈME, ALORS… JE PEUX MOI-MÊME TE CONDUIRE AU POINT DE RENCONTRE DES PROCHAINS PASSAGERS…
ON PART TOUT DE SUITE… ?
IL FAUT ATTENDRE D'AVOIR FAIT LE PLEIN… LA BARQUE PEUT CONTENIR QUARANTE-QUATRE PASSAGERS PLUS LE PILOTE…
VOILÀ LA MAISON… TU VAS DEVOIR ATTENDRE ICI… MAIS AVANT TU DOIS ME VERSER LES QUINZE MILLE DINARS…
D'ACCORD…

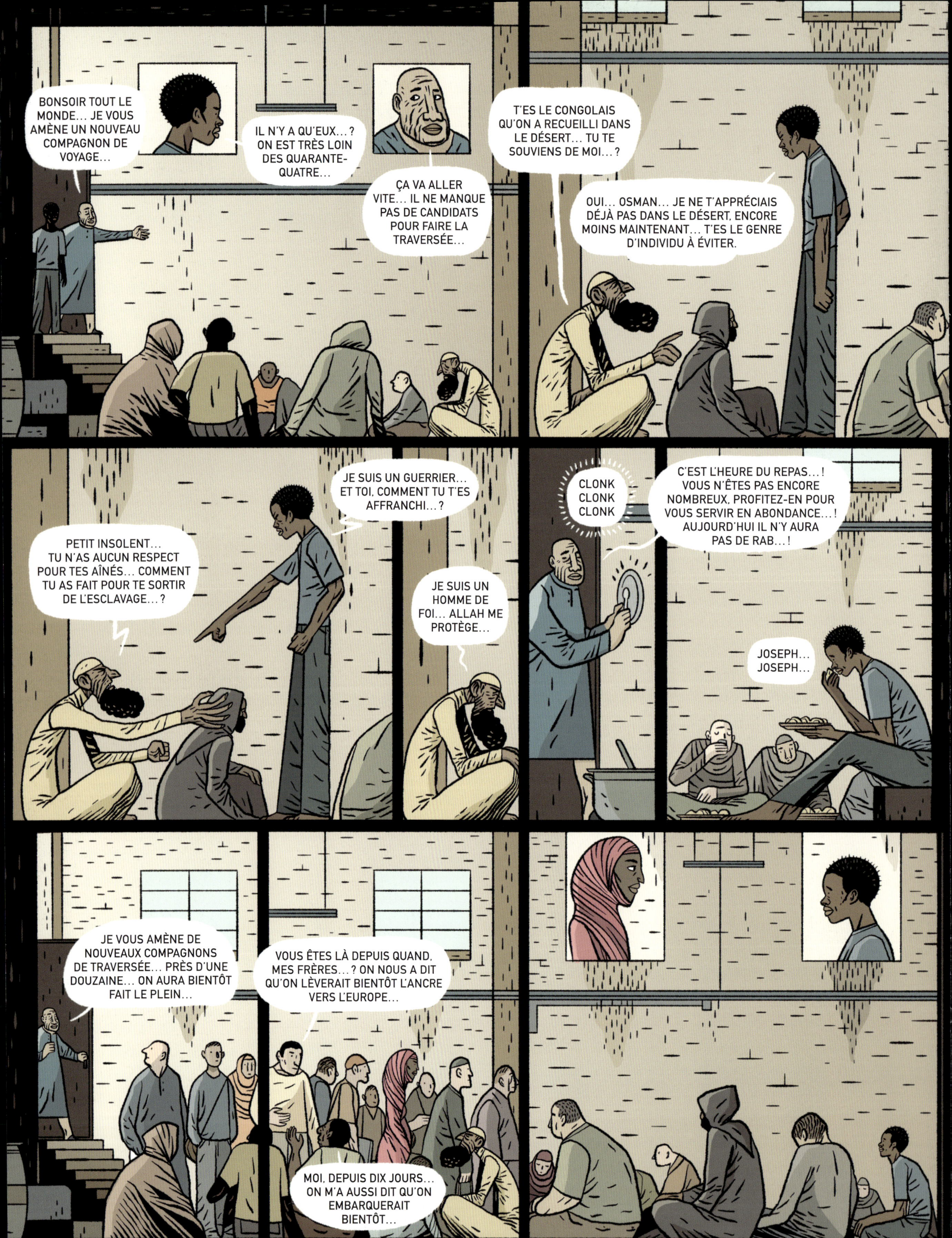
BONSOIR TOUT LE MONDE… JE VOUS AMÈNE UN NOUVEAU COMPAGNON DE VOYAGE…
IL N'Y A QU'EUX… ? ON EST TRÈS LOIN DES QUARANTE-QUATRE…
ÇA VA ALLER VITE… IL NE MANQUE PAS DE CANDIDATS POUR FAIRE LA TRAVERSÉE…
T'ES LE CONGOLAIS QU'ON A RECUEILLI DANS LE DÉSERT… TU TE SOUVIENS DE MOI… ?
OUI… OSMAN… JE NE T'APPRÉCIAIS DÉJÀ PAS DANS LE DÉSERT, ENCORE MOINS MAINTENANT… T'ES LE GENRE D'INDIVIDU À ÉVITER.
PETIT INSOLENT… TU N'AS AUCUN RESPECT POUR TES AÎNÉS… COMMENT TU AS FAIT POUR TE SORTIR DE L'ESCLAVAGE… ?
JE SUIS UN GUERRIER… ET TOI, COMMENT TU T'ES AFFRANCHI… ?
JE SUIS UN HOMME DE FOI… ALLAH ME PROTÈGE…
CLONK CLONK CLONK
C'EST L'HEURE DU REPAS… ! VOUS N'ÊTES PAS ENCORE NOMBREUX, PROFITEZ-EN POUR VOUS SERVIR EN ABONDANCE… ! AUJOURD'HUI IL N'Y AURA PAS DE RAB… !
JOSEPH… JOSEPH…
JE VOUS AMÈNE DE NOUVEAUX COMPAGNONS DE TRAVERSÉE… PRÈS D'UNE DOUZAINE… ON AURA BIENTÔT FAIT LE PLEIN…
VOUS ÊTES LÀ DEPUIS QUAND, MES FRÈRES… ? ON NOUS A DIT QU'ON LÈVERAIT BIENTÔT L'ANCRE VERS L'EUROPE…
MOI, DEPUIS DIX JOURS… ON M'A AUSSI DIT QU'ON EMBARQUERAIT BIENTÔT…

EMBRASSE-MOI, NIVEK… FAIS-MOI L’AMOUR… JE VEUX QUE L’ENFANT QUE JE PORTE SOIT DE TOI…
EMBRASSE-MOI… FAIS-MOI L’AMOUR…
MAIS… L’ENFANT NE PEUT PAS ÊTRE DE MOI… IL EST DÉJÀ EN TOI…
JE VEUX QUE TA SEMENCE NOIE CELLE DE CEUX QUI M’ONT VIOLÉE ET PROSTITUÉE… JE NE SAIS MÊME PAS QUI EST LE PÈRE… C’EST UN ENFANT SERPENT…
C’EST QUE… JE N’AI JAMAIS ÉTÉ AVEC UNE FEMME
T’EN FAIS PAS… LAISSE-TOI TE GUIDER… JE T’INTRODUIRAI EN MOI…
TA SEMENCE EST CHAUDE ET ABONDANTE… ELLE NOIERA CELLE DES AUTRES… QUAND ILS ME VIOLAIENT, JE PENSAIS À TOI… ALORS L’ENFANT TE RESSEMBLERA…
NE CRIE PAS, NE SOUPIRE PAS… NE FAIS AUCUN BRUIT… JE NE VEUX PAS QU’ON NOUS SURPRENNE EN TRAIN DE FAIRE L’AMOUR.
JE VIENDRAI TE RETROUVER TOUTES LES NUITS…
JE NE VEUX PLUS ALLER EN EUROPE… JE VEUX JUSTE ÊTRE DANS AISHA.

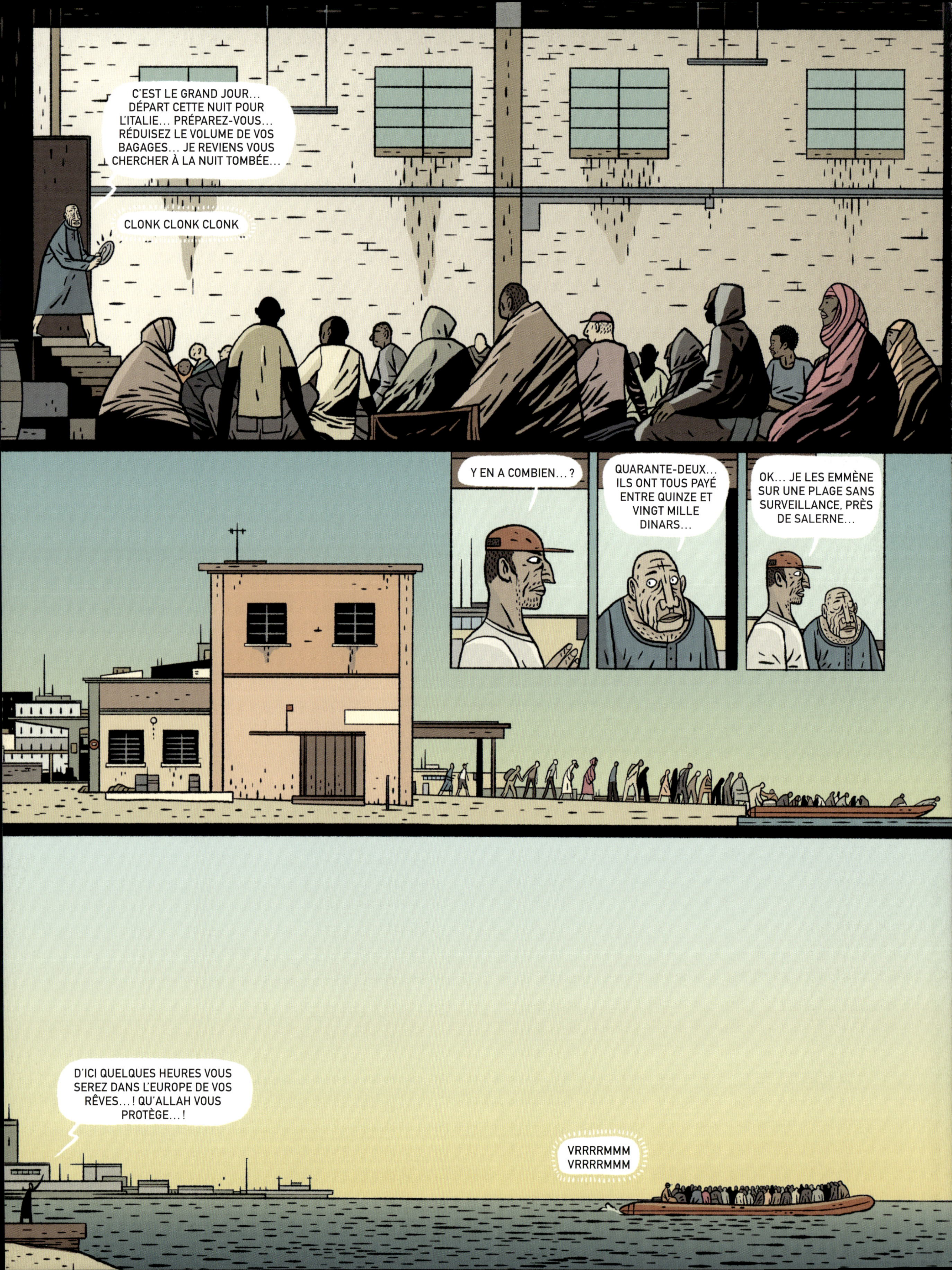
C'EST LE GRAND JOUR… DÉPART CETTE NUIT POUR L'ITALIE… PRÉPAREZ-VOUS… RÉDUISEZ LE VOLUME DE VOS BAGAGES… JE REVIENS VOUS CHERCHER À LA NUIT TOMBÉE…
CLONK CLONK CLONK
Y EN A COMBIEN… ?
QUARANTE-DEUX… ILS ONT TOUS PAYÉ ENTRE QUINZE ET VINGT MILLE DINARS…
OK… JE LES EMMÈNE SUR UNE PLAGE SANS SURVEILLANCE, PRÈS DE SALERNE…
D'ICI QUELQUES HEURES VOUS SEREZ DANS L'EUROPE DE VOS RÊVES… ! QU'ALLAH VOUS PROTÈGE… !
VRRRRMMM VRRRRMMM

MEDITERRANEE

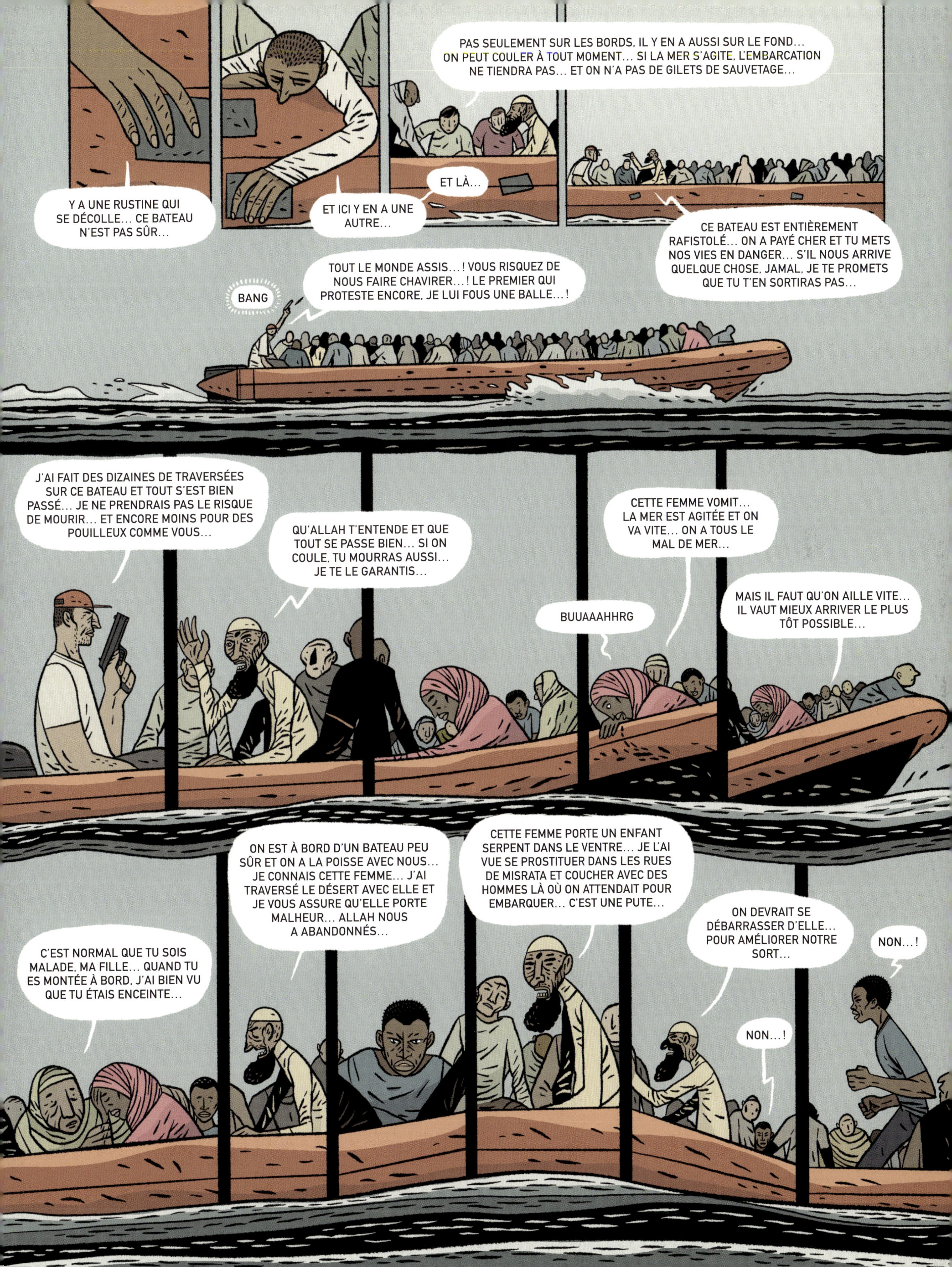
Y A UNE RUSTINE QUI SE DÉCOLLE… CE BATEAU N'EST PAS SÛR…
ET ICI Y EN A UNE AUTRE…
ET LÀ…
PAS SEULEMENT SUR LES BORDS, IL Y EN A AUSSI SUR LE FOND… ON PEUT COULER À TOUT MOMENT… SI LA MER S'AGITE, L'EMBARCATION NE TIENDRA PAS… ET ON N'A PAS DE GILETS DE SAUVETAGE…
CE BATEAU EST ENTIÈREMENT RAFISTOLÉ… ON A PAYÉ CHER ET TU METS NOS VIES EN DANGER… S'IL NOUS ARRIVE QUELQUE CHOSE, JAMAL, JE TE PROMETS QUE TU T'EN SORTIRAS PAS…
BANG
TOUT LE MONDE ASSIS… ! VOUS RISQUEZ DE NOUS FAIRE CHAVIRER… ! LE PREMIER QUI PROTESTE ENCORE, JE LUI FOUS UNE BALLE… !
J'AI FAIT DES DIZAINES DE TRAVERSÉES SUR CE BATEAU ET TOUT S'EST BIEN PASSÉ… JE NE PRENDRAIS PAS LE RISQUE DE MOURIR… ET ENCORE MOINS POUR DES POUILLEUX COMME VOUS…
QU'ALLAH T'ENTENDE ET QUE TOUT SE PASSE BIEN… SI ON COULE, TU MOURRAS AUSSI… JE TE LE GARANTIS…
CETTE FEMME VOMIT… LA MER EST AGITÉE ET ON VA VITE… ON A TOUS LE MAL DE MER…
BUUAAAHHRG
MAIS IL FAUT QU'ON AILLE VITE… IL VAUT MIEUX ARRIVER LE PLUS TÔT POSSIBLE…
C'EST NORMAL QUE TU SOIS MALADE, MA FILLE… QUAND TU ES MONTÉE À BORD, J'AI BIEN VU QUE TU ÉTAIS ENCEINTE…
ON EST À BORD D'UN BATEAU PEU SÛR ET ON A LA POISSE AVEC NOUS… JE CONNAIS CETTE FEMME… J'AI TRAVERSÉ LE DÉSERT AVEC ELLE ET JE VOUS ASSURE QU'ELLE PORTE MALHEUR… ALLAH NOUS A ABANDONNÉS…
CETTE FEMME PORTE UN ENFANT SERPENT DANS LE VENTRE… JE L'AI VUE SE PROSTITUER DANS LES RUES DE MISRATA ET COUCHER AVEC DES HOMMES LÀ OÙ ON ATTENDAIT POUR EMBARQUER… C'EST UNE PUTE…
ON DEVRAIT SE DÉBARRASSER D'ELLE… POUR AMÉLIORER NOTRE SORT…
NON… !
NON… !

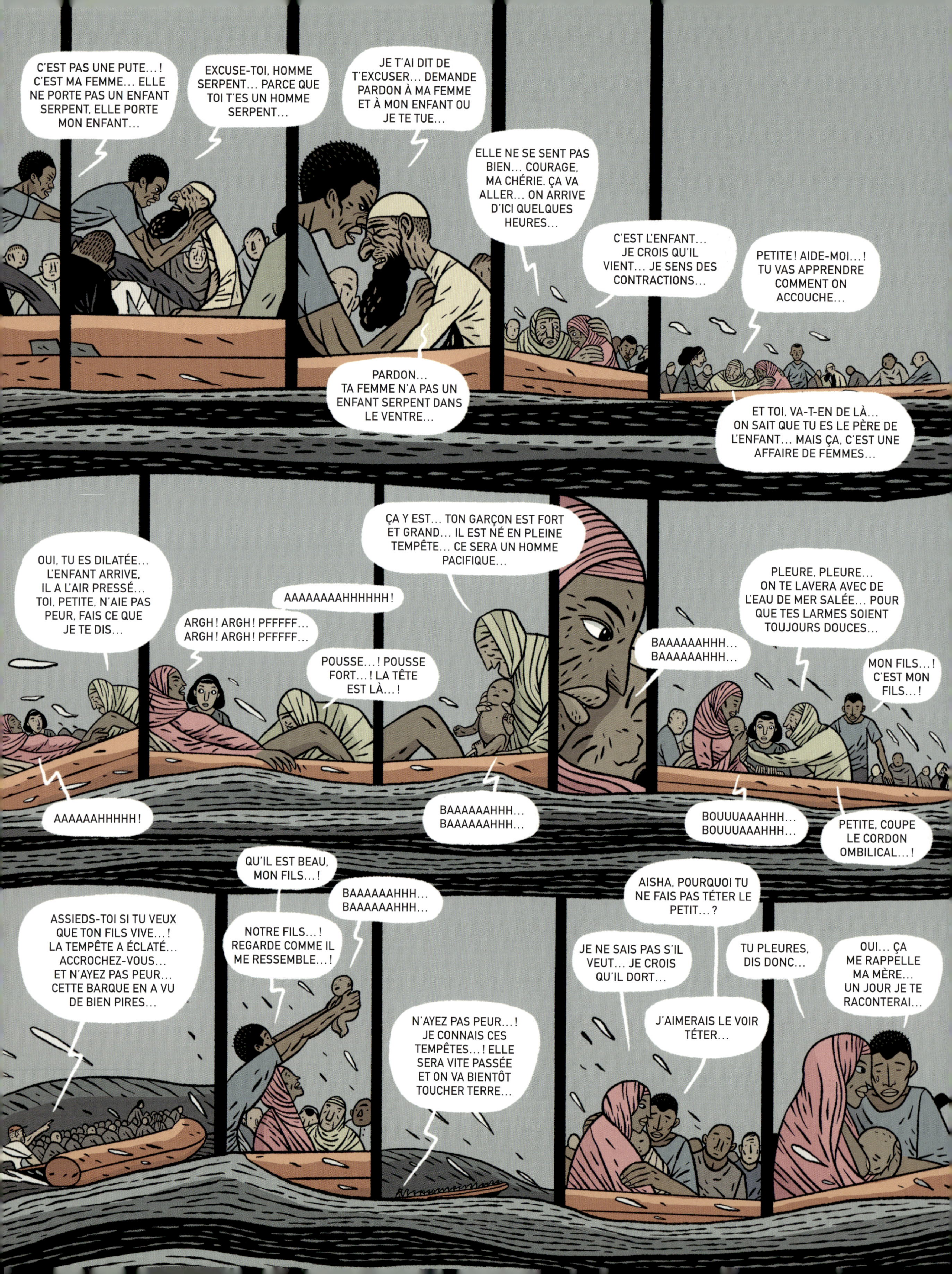
C'EST PAS UNE PUTE… ! C'EST MA FEMME… ELLE NE PORTE PAS UN ENFANT SERPENT, ELLE PORTE MON ENFANT…
EXCUSE-TOI, HOMME SERPENT… PARCE QUE TOI T'ES UN HOMME SERPENT…
JE T'AI DIT DE T'EXCUSER… DEMANDE PARDON À MA FEMME ET À MON ENFANT OU JE TE TUE…
PARDON… TA FEMME N'A PAS UN ENFANT SERPENT DANS LE VENTRE…
ELLE NE SE SENT PAS BIEN… COURAGE, MA CHÉRIE. ÇA VA ALLER… ON ARRIVE D'ICI QUELQUES HEURES…
C'EST L'ENFANT… JE CROIS QU'IL VIENT… JE SENS DES CONTRACTIONS…
PETITE ! AIDE-MOI… ! TU VAS APPRENDRE COMMENT ON ACCOUCHE…
ET TOI, VA-T-EN DE LÀ… ON SAIT QUE TU ES LE PÈRE DE L'ENFANT… MAIS ÇA, C'EST UNE AFFAIRE DE FEMMES…
OUI, TU ES DILATÉE… L'ENFANT ARRIVE, IL A L'AIR PRESSÉ… TOI, PETITE, N'AIE PAS PEUR, FAIS CE QUE JE TE DIS…
AAAAAAAHHHHH !
AAAAAAAAHHHHHH !
ARGH ! ARGH ! PFFFFF… ARGH ! ARGH ! PFFFFF…
POUSSE… ! POUSSE FORT… ! LA TÊTE EST LÀ… !
ÇA Y EST… TON GARÇON EST FORT ET GRAND… IL EST NÉ EN PLEINE TEMPÊTE… CE SERA UN HOMME PACIFIQUE…
BAAAAAAHHH… BAAAAAAHHH…
BAAAAAAHHH… BAAAAAAHHH…
PLEURE, PLEURE… ON TE LAVERA AVEC DE L'EAU DE MER SALÉE… POUR QUE TES LARMES SOIENT TOUJOURS DOUCES…
MON FILS… ! C'EST MON FILS… !
BOUUUAAAHHH… BOUUUAAAHHH…
PETITE, COUPE LE CORDON OMBILICAL… !
ASSIEDS-TOI SI TU VEUX QUE TON FILS VIVE… ! LA TEMPÊTE A ÉCLATÉ… ACCROCHEZ-VOUS… ET N'AYEZ PAS PEUR… CETTE BARQUE EN A VU DE BIEN PIRES…
QU'IL EST BEAU, MON FILS… !
NOTRE FILS… ! REGARDE COMME IL ME RESSEMBLE… !
BAAAAAAHHH… BAAAAAAHHH…
N'AYEZ PAS PEUR… ! JE CONNAIS CES TEMPÊTES… ! ELLE SERA VITE PASSÉE ET ON VA BIENTÔT TOUCHER TERRE…
AISHA, POURQUOI TU NE FAIS PAS TÉTER LE PETIT… ?
JE NE SAIS PAS S'IL VEUT… JE CROIS QU'IL DORT…
J'AIMERAIS LE VOIR TÉTER…
TU PLEURES, DIS DONC…
OUI… ÇA ME RAPPELLE MA MÈRE… UN JOUR JE TE RACONTERAI…

ATTENTION À LA VAGUE… ! ACCROCHEZ-VOUS… !
AAAAHHHH !
AMIR… ! C'EST MON FRÈRE… ! IL EST TOMBÉ PAR-DESSUS BORD… ! FAUT LE REPÊCHER… !
IMPOSSIBLE SOUS CETTE TEMPÊTE… ! ON METTRAIT TOUT LE MONDE EN PÉRIL… TON FRÈRE DOIT DÉJÀ ÊTRE MORT… !
C'EST FAUX… ! JE L'AI VU AGITER LES BRAS AU-DESSUS DES VAGUES… ! PAR LÀ… ! REVIENS EN ARRIÈRE… !
NE T'APPROCHE PAS DE MOI OU JE TIRE… ! RETOURNE À TA PLACE… !
ÇA PEUT ÊTRE TRÈS DANGEREUX… JE VAIS TÂCHER DE LES SÉPARER… TIENS BIEN NOTRE PETIT…
BANG
BOOUUUMMM
ARGH !
AAAAAHHHH !
AU SECOURS… !
QU'ALLAH NOUS PROTÈGE… !
UUUFFF !
AISHA !
AISHA !
OÙ SONT MA FEMME ET MON FILS… ? QUELQU'UN LES A VUS… ?
Y A PLUS QUE NOUS…
CEUX QUE T'APPELLES TA FEMME ET TON FILS SE SONT NOYÉS… COMME LES AUTRES…
NOOON… !

JE SUIS ÉPUISÉE ET GELÉE... JE NE PASSERAI PAS LA NUIT...
MOI J'AI MAL AU VENTRE... J'AI ÉTÉ TOUCHÉ PAR L'ONDE DE CHOC DE L'EXPLOSION... ALLAH NOUS A ABANDONNÉS... ON NE SAIT MÊME PAS OÙ SE TROUVE L'ITALIE...
L'ITALIE, C'EST PAR LÀ-BAS... MAIS ON EST TRÈS LOIN DE LA CÔTE... ON N'Y ARRIVERA JAMAIS À LA NAGE...
PEUT-ÊTRE QU'UN NAVIRE PASSERA PAR LÀ ET NOUS SECOURRA... Y A BEAUCOUP DE TRAFIC SUR CETTE MER...
OSMAN A LÂCHÉ... FAUT LE RÉCUPÉRER ET L'ATTACHER AU CAOUTCHOUC...
IL LE MÉRITE PAS... IL A SÛREMENT REJOINT ALLAH... C'ÉTAIT SON PLUS GRAND SOUHAIT...
MAINTENANT ON A DE LA PLACE POUR QUE LA FEMME SOIT MIEUX... ELLE EST JUSTE ÉVANOUIE...
REGARDEZ... ! UN BATEAU... ! UN BATEAU... !
EEEEHHH ! PAR ICI... ! ICI... !
JE VOUS L'AVAIS DIT, QU'UN BATEAU NOUS TROUVERAIT... ! ON A EU DE LA CHANCE... !

C'EST BON, VOUS ÊTES SAUVÉS... !
ON VA EN ITALIE... VOUS AUSSI... ?
POUR L'INSTANT, VOUS ALLEZ TOUS À L'INFIRMERIE... LE MÉDECIN VA VOUS EXAMINER...
VOUS DEVEZ ÊTRE EN HYPOTHERMIE... VOUS AVEZ PASSÉ COMBIEN DE TEMPS DANS L'EAU... ?
ON A COULÉ HIER APRÈS-MIDI...
VOUS ÊTES LES SEULS RESCAPÉS... ? VOUS ÉTIEZ COMBIEN SUR LA BARQUE... ? C'EST LA TEMPÊTE QUI L'A RETOURNÉE... ? POURQUOI N'AVEZ-VOUS PAS PRÉVENU LES SERVICES CÔTIERS... ?
ON ÉTAIT PLUS DE QUARANTE... IL Y A EU UNE BAGARRE, LE MOTEUR A EXPLOSÉ... JE CROIS QU'ON EST LES SEULS SURVIVANTS...
L'INFIRMERIE EST EN BAS... QUAND VOUS AUREZ SÉCHÉ ET MANGÉ UN MORCEAU, VOUS VOUS SENTIREZ MIEUX...
OUBLIEZ L'ITALIE... ON TRANSPORTE CENT AUTRES RESCAPÉS DE DEUX NAUFRAGES... ON NOUS A REFUSÉ L'ACCOSTAGE À BRINDISI, LAMPEDUSA ET SALERNE... ON TENTE LE COUP DANS UN PORT ESPAGNOL...
ON A L'AUTORISATION D'ACCOSTER À VALENCE... ! DANS QUELQUES HEURES NOUS SERONS EN TERRITOIRE ESPAGNOL... !
OUAIS ! SUPER ! ON ARRIVE ENFIN EN EUROPE... !
JE TE VOIS TOUJOURS SEUL... T'AS L'AIR MALHEUREUX... J'AI PERDU DEUX AMIS DANS LA TRAVERSÉE... MAIS JE SUIS EN VIE ET ON VA DÉBARQUER EN EUROPE...
JE M'APPELLE KHALIL... JE VIENS DE TUNIS, ET TOI... ?
JE VIENS DE TRÈS LOIN... J'AI BEAUCOUP DE TRISTESSE... J'AI PERDU MA FEMME ET MON FILS...
C'EST TRÈS DUR, OUI... MAIS UNE NOUVELLE VIE NOUS ATTEND... TU FONDERAS UNE AUTRE FAMILLE... TU VERRAS...
MOI J'AI TOUT PRÉVU... C'EST LA TROISIÈME FOIS QUE J'ESSAIE D'ENTRER EN EUROPE... MAINTENANT JE CONNAIS LE TRUC... QUAND T'ARRIVES, LA POLICE TE RENVOIE DANS TON PAYS... MAIS CETTE FOIS JE RÉUSSIRAI...
AH BON... ? COMMENT... ? JE VEUX PAS QU'ON ME RENVOIE DANS MON PAYS...
TU VERRAS...
TERRE ! ON EST ARRIVÉS EN EUROPE ! SUPER ! FINIE LA GALÈRE ! ALLAH EST GRAND !
DU CALME... ! UN PEU DE PATIENCE... ! QUAND NOUS AURONS ACCOSTÉ, DES FONCTIONNAIRES ET DES POLICIERS VIENDRONT VÉRIFIER VOTRE ÉTAT PHYSIQUE ET VOTRE SITUATION ADMINISTRATIVE... ! SI VOUS RETOURNEZ À VOS PLACES, ÇA IRA PLUS VITE... !
TU NAGES BIEN, C'EST SÛR... ?
OUI, J'AI EU UN BON PROF...
PARCE QU'ON VA S'ÉLOIGNER DU PORT ET CHERCHER UN ENDROIT DISCRET POUR ACCOSTER... IL SE PEUT QU'ON NAGE UNE OU DEUX HEURES...
D'ABORD TU NAGES SOUS L'EAU AUSSI LOIN QUE TES POUMONS TE LE PERMETTENT POUR PAS QU'ON TE VOIE, ET ENSUITE ON NAGERA EN SURFACE...

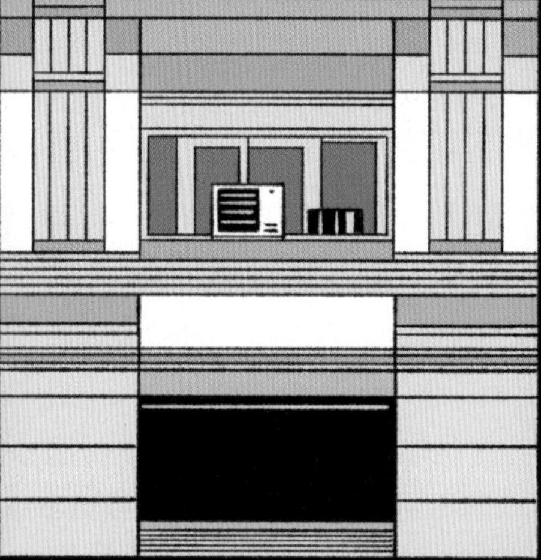

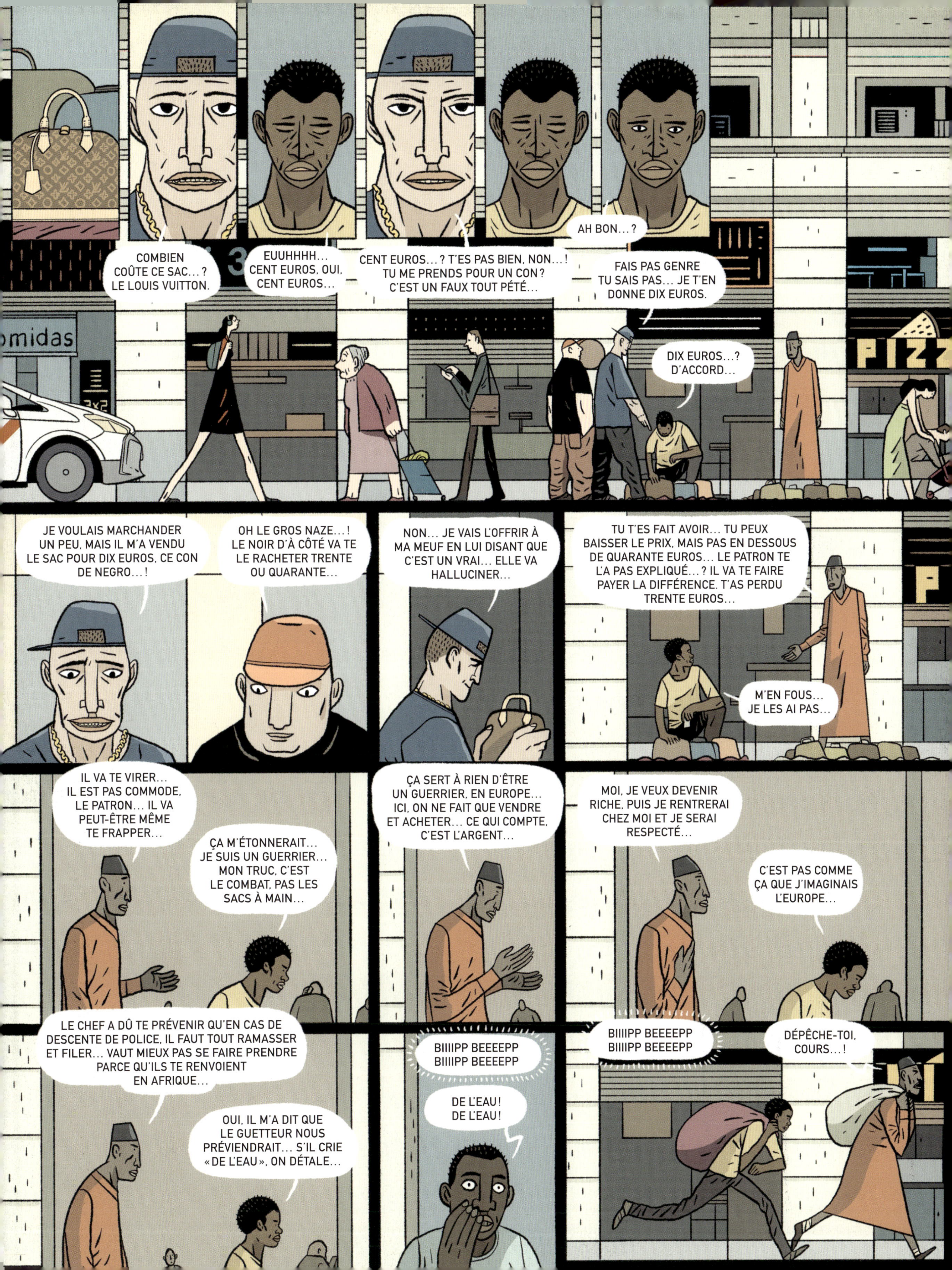

COMBIEN COÛTE CE SAC… ? LE LOUIS VUITTON.
EUUHHHH… CENT EUROS, OUI, CENT EUROS…
CENT EUROS… ? T'ES PAS BIEN, NON… ! TU ME PRENDS POUR UN CON ? C'EST UN FAUX TOUT PÉTÉ…
AH BON… ?
FAIS PAS GENRE TU SAIS PAS… JE T'EN DONNE DIX EUROS.
DIX EUROS… ? D'ACCORD…
JE VOULAIS MARCHANDER UN PEU, MAIS IL M'A VENDU LE SAC POUR DIX EUROS, CE CON DE NEGRO… !
OH LE GROS NAZE… ! LE NOIR D'À CÔTÉ VA TE LE RACHETER TRENTE OU QUARANTE…
NON… JE VAIS L'OFFRIR À MA MEUF EN LUI DISANT QUE C'EST UN VRAI… ELLE VA HALLUCINER…
TU T'ES FAIT AVOIR… TU PEUX BAISSER LE PRIX, MAIS PAS EN DESSOUS DE QUARANTE EUROS… LE PATRON TE L'A PAS EXPLIQUÉ… ? IL VA TE FAIRE PAYER LA DIFFÉRENCE. T'AS PERDU TRENTE EUROS…
M'EN FOUS… JE LES AI PAS…
IL VA TE VIRER… IL EST PAS COMMODE, LE PATRON… IL VA PEUT-ÊTRE MÊME TE FRAPPER…
ÇA M'ÉTONNERAIT… JE SUIS UN GUERRIER… MON TRUC, C'EST LE COMBAT, PAS LES SACS À MAIN…
ÇA SERT À RIEN D'ÊTRE UN GUERRIER, EN EUROPE… ICI, ON NE FAIT QUE VENDRE ET ACHETER… CE QUI COMPTE, C'EST L'ARGENT…
MOI, JE VEUX DEVENIR RICHE, PUIS JE RENTRERAI CHEZ MOI ET JE SERAI RESPECTÉ…
C'EST PAS COMME ÇA QUE J'IMAGINAIS L'EUROPE…
LE CHEF A DÛ TE PRÉVENIR QU'EN CAS DE DESCENTE DE POLICE, IL FAUT TOUT RAMASSER ET FILER… VAUT MIEUX PAS SE FAIRE PRENDRE PARCE QU'ILS TE RENVOIENT EN AFRIQUE…
OUI, IL M'A DIT QUE LE GUETTEUR NOUS PRÉVIENDRAIT… S'IL CRIE «DE L'EAU», ON DÉTALE…
BIIIIPP BEEEEPP BIIIIPP BEEEEPP
DE L'EAU ! DE L'EAU !
BIIIIPP BEEEEPP BIIIIPP BEEEEPP
DÉPÊCHE-TOI, COURS… !

HALTE ! HALTE !
JE T'ACCUSERAI DE COMMERCE ILLÉGAL ET DE REFUS D'OBTEMPÉRER… JE TE JURE QUE TU VAS FINIR AU TROU… JE PERMETS PAS QU'ON SE MOQUE DE MOI, ENCORE MOINS UN PUTAIN DE NOIR…
OÙ T'ES PASSÉ, SALE NÈGRE… ? JE SAIS QUE TU T'ES PLANQUÉ… JE VAIS T'ATTRAPER ET TE FOUTRE UNE BRANLÉE, TU VAS T'EN SOUVENIR TOUTE TA VIE…
POURQUOI TU ME POURSUIS… ? J'AI RIEN FAIT… JE T'AI RIEN FAIT, NI À TOI NI À TA FAMILLE…
GGGGHHHH
GGGGHHHH
TOI, T'ES PAS UN GUERRIER…
GGGGHHHH
LÂCHE-MOI, CO-NNARD !
AGH AGH AGH
T'ES JUSTE UN MERCENAIRE MAL ENTRAÎNÉ.
AGH AGH
BANG
FILS DE PUTE…
SHTONK
CRACK

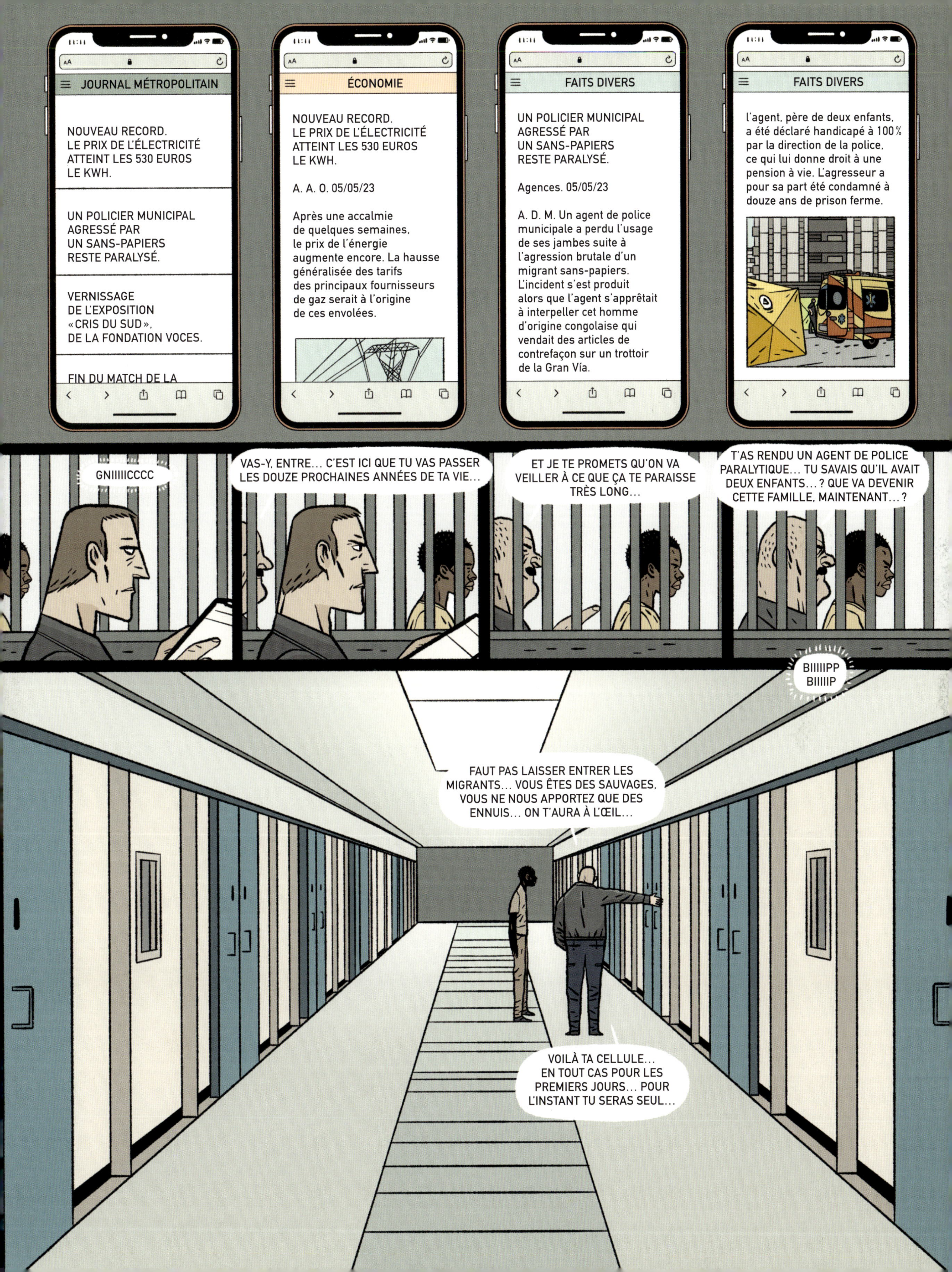
JOURNAL MÉTROPOLITAIN
NOUVEAU RECORD. LE PRIX DE L'ÉLECTRICITÉ ATTEINT LES 530 EUROS LE KWH.
UN POLICIER MUNICIPAL AGRESSÉ PAR UN SANS-PAPIERS RESTE PARALYSÉ.
VERNISSAGE DE L'EXPOSITION «CRIS DU SUD», DE LA FONDATION VOCES.
FIN DU MATCH DE LA
ÉCONOMIE
NOUVEAU RECORD. LE PRIX DE L'ÉLECTRICITÉ ATTEINT LES 530 EUROS LE KWH.
A. A. O. 05/05/23
Après une accalmie de quelques semaines, le prix de l'énergie augmente encore. La hausse généralisée des tarifs des principaux fournisseurs de gaz serait à l'origine de ces envolées.
FAITS DIVERS
UN POLICIER MUNICIPAL AGRESSÉ PAR UN SANS-PAPIERS RESTE PARALYSÉ.
Agences. 05/05/23
A. D. M. Un agent de police municipale a perdu l'usage de ses jambes suite à l'agression brutale d'un migrant sans-papiers. L'incident s'est produit alors que l'agent s'apprêtait à interpeller cet homme d'origine congolaise qui vendait des articles de contrefaçon sur un trottoir de la Gran Vía.
FAITS DIVERS
l'agent, père de deux enfants, a été déclaré handicapé à 100 % par la direction de la police, ce qui lui donne droit à une pension à vie. L'agresseur a pour sa part été condamné à douze ans de prison ferme.
GNIIIIICCCC
VAS-Y, ENTRE... C'EST ICI QUE TU VAS PASSER LES DOUZE PROCHAINES ANNÉES DE TA VIE...
ET JE TE PROMETS QU'ON VA VEILLER À CE QUE ÇA TE PARAISSE TRÈS LONG...
T'AS RENDU UN AGENT DE POLICE PARALYTIQUE... TU SAVAIS QU'IL AVAIT DEUX ENFANTS... ? QUE VA DEVENIR CETTE FAMILLE, MAINTENANT... ?
BIIIIPP BIIIIP
FAUT PAS LAISSER ENTRER LES MIGRANTS... VOUS ÊTES DES SAUVAGES, VOUS NE NOUS APPORTEZ QUE DES ENNUIS... ON T'AURA À L'ŒIL...
VOILÀ TA CELLULE... EN TOUT CAS POUR LES PREMIERS JOURS... POUR L'INSTANT TU SERAS SEUL...

63
62
61
60
MAMAN…
MAMAN… MAMAN…
MAMAN… MAMAN…
MAMAN… MAMAN…
MAMAN… MAMAN…
MAMAN… MAMAN…
MAMAN… MAMAN…
MAMAN… MAMAN…
GNIIIIICCCC
CROCK

ANTONIO ALTARRIBA

Universitaire, romancier et scénariste, Antonio Altarriba a été découvert en France grâce à *L'Art de voler*, où il raconte à travers le parcours de son père un siècle d'histoire espagnole. Ce roman graphique dessiné par Kim, paru en 2011 chez Denoël Graphic, a été salué par la critique et le public partout dans le monde. Le second tome de ce diptyque familial, *L'Aile brisée*, publié en 2016, a connu le même succès. En 2021, les deux titres sont rassemblés en un seul volume sous le titre *L'Épopée espagnole*. *Moi, assassin*, premier album d'un triptyque intitulé « La Trilogie du Moi », dessiné par Keko, a reçu le Grand Prix de la Critique ACBD en 2015. Le deuxième, *Moi, fou*, a été récompensé par le prix Tournesol 2019, remis à Angoulême par le parti Europe Écologie-Les Verts à l'album portant le mieux les valeurs écologiques, sociales et citoyennes. En 2021, il met un point final à sa trilogie avec *Moi, menteur*, avant de s'élancer vers de nouvelles aventures avec le dessinateur Sergio García Sánchez.

SERGIO GARCÍA SÁNCHEZ

Né en 1967 à Guadix, Espagne, il étudie les beaux-arts à l'Université de Grenade, où il exerce actuellement en tant que professeur titulaire. Parallèlement à la bande dessinée (chez Denoël, Norma Editorial, Dupuis, Toon Books, Fantagraphics, Dargaud, Delcourt, Glénat, Dibbuks, Actes Sud), il travaille en qualité d'illustrateur, notamment pour *The New Yorker*, *The New York Times*, *El País Semanal*, *El País Babelia*, Grupo Correo, etc. Son œuvre a été primée à de multiples reprises : Premio Nacional de Ilustración de España (2022), The Society of Illustrators (2016, 2021, 2022 et 2023), American Illustration (AI37), School Library Journal (2016), Kirkus (2016), Festival international de bande dessinée de Sierre (2001) et Centre Belge de la Bande Dessinée. Il poursuit en outre une carrière d'artiste plasticien et participe à un grand nombre d'expositions : à Paris (Musée national Picasso), New York (Society of Illustrators), Angoulême (Musée de la bande dessinée), Bruxelles (CBBD), Francfort (Foire internationale du livre), Madrid (Biblioteca nacional de España), Grenade, et à bien d'autres endroits.

LOLA MORAL

Née en 1964 à Montalbán de Córdoba, Espagne, elle étudie les beaux-arts à l'Université de Grenade et travaille comme technicienne supérieure en arts plastiques et céramique artistique à l'école d'art Val del Omar de Grenade. Coloriste et scénariste confirmée, elle a travaillé entre autres pour Denoël, Norma Editorial, Dupuis, Toon Books, Fantagraphics, Dargaud, Delcourt, Dibbuks, Actes Sud ; *The New Yorker*, *El País Semanal*, *El País Babelia*, *EME21*, *Diario Ideal*, Grupo Correo ; Santillana Ediciones. Artiste pluridisciplinaire, elle a aussi participé à un grand nombre d'expositions à Washington, Francfort (Foire internationale du livre), Grenade (Crucero del Hospital Real, Salle Gran Capitán, Bibliothèque d'Andalousie, galerie Arrabal, Cuarto Real de santo Domingo, Carmen de la Victoria), Jaén (Museo provincial), Cadix (musée de Cadix, Casa Pinillos), Valdepeñas (musée municipal).

Merci au docteur Denis Mukwege, prix Nobel de la paix 2018, pour avoir œuvré à en finir avec l'usage de la violence sexuelle comme arme de guerre au Congo et pour son travail de chirurgie gynécologique reconstructive.

Nos sincères remerciements également à Idoia Moreno Olabuenaga, de l'ONG Jambo Congo à Shabunda et Kakutya, pour son aide comme documentariste et conseillère.

jambocongoblog.wordpress.com

Altarriba chez Denoël Graphic

Antonio Altarriba et Kim

L'Art de voler (2011)
L'Aile brisée (2016)
L'Épopée espagnole (édition omnibus, 2021)

Antonio Altarriba et Keko

Moi, assassin (2014)
Moi, fou (2018)
Moi, menteur (2021)